BASTEI
LÜBBE

Taschenbücher von Margaret Weis und Tracy Hickman
im BASTEI-LÜBBE-Programm

Das dunkle Schwert
20159 Kind des Todes
20161 Sohn der Verbannten
20173 Der Fluch der Wahrheit
20183 Die Engel des Untergangs
20185 Der Herrscher von Merilon

Die Rose des Propheten
20200 Das Buch der Götter
20202 Das Buch Quar
20212 Das Buch der Unsterblichen
20214 Das Buch Akhran

Die vergessenen Reiche
28189 Himmelsstürmer
28201 Elfenstern
28205 Feuersee
28210 Drachenmagier
28216 Drachenelfen

MARGARET WEIS &
TRACY HICKMAN

# Das Buch der Nomaden

## Die Rose des Propheten

Fantasy Roman

Ins Deutsche übertragen
von Ralph Tegtmeier

BASTEI
LÜBBE

BASTEI-LÜBBE-TASCHENBUCH
Band 20225

Erste Auflage:
März 1994


Deutsche Lizenzausgabe 1994
Bastei-Verlag
Gustav H. Lübbe GmbH & Co.,
Bergisch Gladbach
Originaltitel:
The Prophet of Akhran (Teil I)
Lektorat: Reinhard Rohn
Titelillustration:
Hans Hauptmann
Umschlaggestaltung:
Quadro Grafik, Bensberg
Satz: Fotosatz Schell, Bad Iburg
Druck und Verarbeitung:
Brodard & Taupin,
La Flèche, Frankreich
Printed in France

ISBN 3-404-20225-2

Der Preis dieses Bandes
versteht sich einschließlich der
gesetzlichen Mehrwertsteuer.

SULARIN
Hurn Sea
Ravinchai
Sardish Jardan
Great Steppes
Khandar
Tara-Kan
Idrith
Ganzi Mtns.
Galos
0°
Kich
Bastine
Kurdin Sea
The Tel
Sirinda
Ganza Mountains
Pagrah Desert
Bas
N

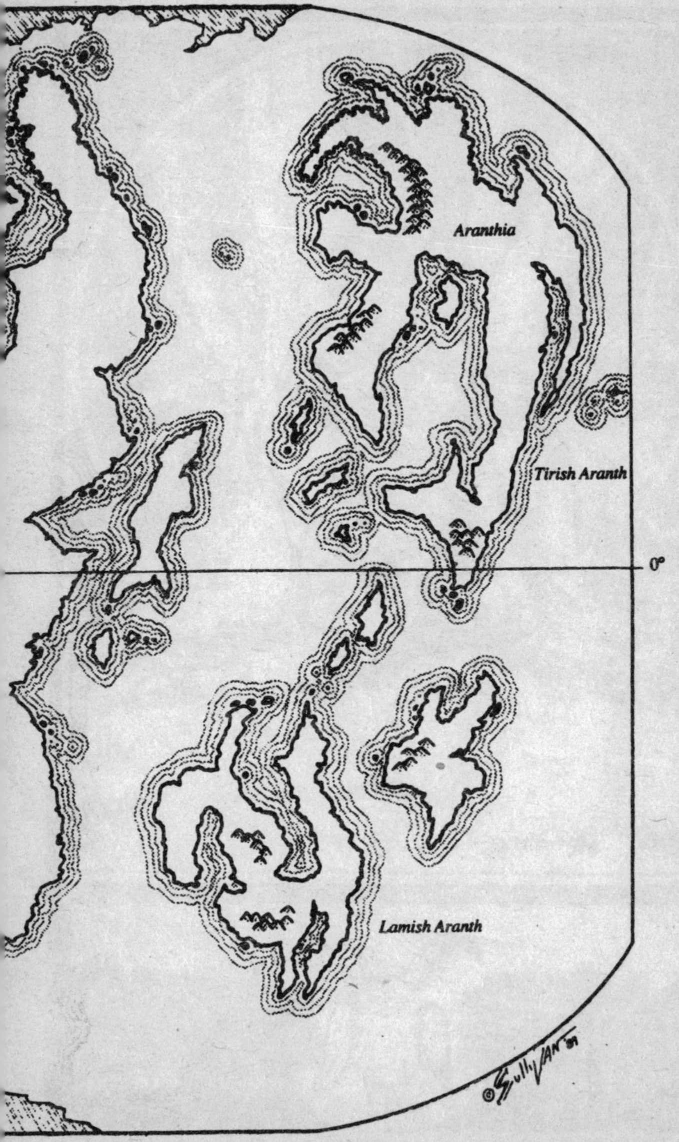
Aranthia
Tirish Aranth
0°
Lamish Aranth
© Sullivan '89

ELMORE

# Das Buch Quar

# 1

Die Wüste brannte unter einer Sommersonne, die am Himmel loderte wie das Auge eines rachsüchtigen Gotts. Vor diesem sengenden, vernichtenden Blick konnte nur wenig Bestand haben. Wer ihn überlebte, hielt sich außerhalb der feurigen Sichtweite des Gotts, vergrub sich in sein Loch, schmollte in seinem Zelt, bis sich das Auge zum nächtlichen Schlaf schloß.

Wenngleich es noch früh am Morgen war, strahlte die Hitze bereits vom Wüstenboden mit einer Heftigkeit ab, die selbst dem Dschinn Fedj ein Gefühl verursachte, als sei er wie ein *Shishlick* aufgespießt worden, um nunmehr gemächlich über den Kohlen eines ewigen Feuers geröstet zu werden.

Fedj schlenderte niedergeschlagen durch das Lager um den Tel – sofern man es als Lager bezeichnen durfte. Er wußte, daß er eigentlich seinem Herrn hätte aufwarten müssen, Scheich Jaafar al Widjar, doch angesichts der Stimmung, die dem Scheich dieser Tage eignete, hätte der Dschinn es sogar vorgezogen, einem Wisch des Sul zu dienen. Die letzten Monate war es jeden Morgen dasselbe gewesen. Kaum war Fedj dem Ring an der Hand seines Herrn entsprungen, schon ging es los.

Zuerst das Wimmern. Händeringend jammerte Jaafar vor sich hin.

»Bin ich von allen Kindern des Akhran nicht der Unglückseligste? Ich bin verdammt, verdammt! Mein Volk in Gefangenschaft! Unser Zuhause in den Bergen vernichtet! Die Schafe, die unser Leben sind, in die Winde und unter die Wölfe verstreut! Meine älteste Tochter, das Licht meiner müden Augen, verschwunden!«

Es hatte eine Zeit gegeben, und sie lag gar nicht einmal allzulange zurück, da mußte Fedj an diesem Punkt stets säuerlich denken, da man das Verschwinden dieser Tochter als Segen und nicht als Fluch begriffen hätte, aber der Dschinn versagte es sich stets, das zu erwähnen.

Winseln und Händeringen steigerten sich zu einem lauten Klagen.

»Warum hast du mir das angetan, *Hazrat* Akhran? Ich, Jaafar al Widjar, habe doch jeden deiner Befehle ohne zu fragen ausgeführt!«

Ohne zu fragen, Herr? Dann bin ich auch der Sohn einer Ziege!

»Habe ich nicht meine Tochter herbeigeführt, mein kostbares Kleinod mit den Augen einer Gazelle ...«

Und der Stimmung eines verhungernden Leoparden!

» ...um sie mit dem Sohn meines Erzfeinds Scheich Majiid al Fakhar – mögen Kamele auf seinem Kopf herumtrampeln – zu vermählen, und habe ich nicht des weiteren mein Volk auf dein Geheiß hierhergeführt, um sich um diesen verdammten Tel herum niederzulassen, und haben wir des weiteren etwa nicht in Frieden mit unserem Feind gelebt, wie es dein erlauchter Wille war, *Hazrat* Akhran, oder hätten wir es nicht getan, wären wir nicht von den diebischen Akar über die Grenze des Erträglichen hinausgetrieben worden ...«

»Die es sich aus irgendeinem unverständlichen Grund in den Kopf gesetzt hatten, sich über den ›friedlichen‹ Pferdediebstahl der Hrana zu empören!«

»Und haben wir nicht unter unseren Feinden gelitten? Unsere Frauen und Kinder, von den Soldaten des Emir aus unserer Umarmung gerissen und in der Stadt gefangengehalten? Unser Lager verwüstet, während das Wasser in der Oase täglich vor unseren Augen weniger wird ...«

Fedj rollte die Augen, seufzte und betrat – da er wußte, daß er darum nicht herumkommen würde, das Zelt seines Herrn, der sich in einem empörten Redeschwall erließ.

» ...und trotzdem beharrst du darauf, daß wir hierbleiben, an diesem Ort, wo nicht einmal Sul allzulange würde leben können, während wir darauf warten, daß irgendeine vermaledeite Blume erblüht – deren braune und vertrockneten Enden mittlerweile ebenso ausgemergelt aussehen wie meine. *Erblüht?* Eher sprießen Rosen aus meinem Kinn als aus diesem sandsaugenden Kaktus!« schrie Jaafar und schüttelte eine kraftlose Faust gen Himmel.

Die Versuchung, nunmehr tatsächlich Blüten aus dem ergrauten Kinn des Manns hervorzutreiben, war so stark, daß Fedj sich in Qualen wand. Doch nun hatte das Hadern aufgehört. Ihm folgte unweigerlich tränenreiche Reue und Kriecherei. Fedj spannte sich an. Er wußte, was nun kommen würde.

»Verzeih mir, *Hazrat* Akhran.« Jaafar warf sich zu Boden. »Es ist ja nur, daß dein Wille schwer zu begreifen und für uns arme Sterbliche hart ist, und da es wahrscheinlich zu sein scheint, daß wir alle ob der Härte und der Schwierigkeit eingehen werden, flehe ich dich an ...« Ein Knopfauge spähte aus den Falten des *Haik* hervor und richtete sich eindringlich auf den Dschinn » ...uns von unserem Gelübde zu entbinden und diesen verfluchten Ort zu verlassen, um zu unseren Herden im Vorgebirge zurückzukehren ...«

Fedj schüttelte den Kopf.

Das Knopfauge nahm einen flehenden Ausdruck an.

»Ich erwarte allerdemütigst deine Antwort, *Hazrat* Akhran«, murmelte Jaafar dem Zeltboden zu.

»Der Gott hat dir seine Antwort erteilt«, erwiderte Fedj in grimmigem und düsterem Ton. »Ihr sollt solange am Tel lagern und in Frieden mit euren Vettern leben, bis die Rose des Propheten erblüht.«

»Die wird erst auf unseren Gräbern erblühen!« Jaafar prügelte mit den Fäusten auf den Boden ein.

»Wenn dem so sein sollte, so soll dem eben so sein. Aller Ruhm der Weisheit des Akhran.«

»Aller Ruhm der Weisheit des Akhran!« äffte ihn Jaafar nach. Er sprang auf die dürren Beine und stieß nach dem Dschinn. »Ich will es von Akhran persönlich hören und nicht von einem seiner Boten, dem stets ein voller Bauch prangt, während ich verhungere! Geh und suche den Gott. Bring ihn zu mir! Und komm vorher nicht mehr zurück!«

Mit einem unterwürfigen Salaam nahm Fedj seinen Abschied. Wenigstens bot dieser Befehl etwas Abwechslung und gab dem Dschinn etwas zu tun.

Als er draußen vor den verkohlten und zerfetzten Überresten dessen stand, was einst ein großer und bequemer Wohnort gewesen war, konnte Fedj Jaafar auf eine Weise toben und fluchen hören, die selbst seiner wilden Tochter noch zur Ehre gereicht hätte. Verstohlen warf Fedj einen Blick über die Wüste, auf die gegenüberliegende Seite des Tel, wo das Zelt von Majiid al Fakhar stand, Jaafars Erzfeind. Die Wände von Jaafars Zelt wallten und bebten vom Zorn des alten Manns wie ein lebendes, atmendes Wesen. Majiids Zelt dagegen wirkte wie eine Hülle, der man die Lebenssäfte ausgesaugt hatte.

Fedj dachte an jene Zeit zurück, nur wenige Monate war es her, da es der Riese Majiid gewesen war – stolz auf sein Volk und seinen Kriegersohn –, der den Dünen seinen Groll entgegengedonnert hatte. Jetzt war Majiids Volk in Kich gefangen; sein Kriegersohn war bestenfalls tot, schlimmstenfalls ein wahnwitziger Feigling, der schmollend durch die Wüste streifte. Der Riese war ein gebrochener Mann, der nur noch selten aus seinem Zelt hervorkam.

Mehr als einmal hatte Fedj sich gewünscht, daß er seinem Herrn nicht so schnell davon Mitteilung gemacht hätte, wie er Khardan gesehen hatte, den ältesten Sohn Majiids und der Kalif der Akar, wie er sich von der Schlacht am Tel davongeschlichen hatte, im rosenfarbenen Seidenchador versteckt. Hätte er die Vernichtung des Kampfgeistes und der Tapferkeit vorausgesehen die darauf folgen sollten – viel schlimmer noch als jeder Schaden, den die Soldaten des Emirs angerichtet hatten –, der Dschinn hätte sich lieber die Zunge mit Feuerameisen gepfeffert und sie verschluckt, als etwas zu sagen.

Gänzlich entmutigt schlenderte Fedj ziellos in die Wüste

hinaus, bis er schon bald den Tel hinter sich zurückgelassen hatte. Der Dschinn hätte den Befehl seines Herrn befolgen und sich auf die Suche nach Akhran machen können, aber Fedj wußte, daß der Wandernde Gott sich nur finden ließ, wenn er gefunden werden wollte, und in diesem Falle hätte Fedj nicht sehr weit oder sehr angestrengt suchen müssen. Doch hatte Akhran sich schon seit Monaten nicht mehr blikken lassen. Fedj wußte, daß irgend etwas auf der himmlischen Ebene los sein mußte. Was es genau war, wußte er nicht und konnte es auch nicht erraten. Die Spannung hing in der Luft wie ein kreisender Geier, um jede Tat mit dem Schatten ihrer schwarzen Schwingen zu verdecken. Es war außerordentlich ungerecht von Jaafar, den Dschinn der Völlerei zu zeihen, während sein Herr verhungerte. Fedj hatte schon seit Wochen nicht mehr ordentlich gespeist.

Wie er durch den Äther trieb, weitab vom Lager, in düstere Gedanken und Vorahnungen versunken, wurde der Dschinn plötzlich vom Anblick ungewöhnlicher Aktivitäten auf dem Wüstenboden unter sich aus seiner grimmigen Betrachtung gerissen. Ein paar Zelte standen über Nacht da, wo es gestern noch keine Zelte gegeben hatte. Der Dschinn brauchte nur kurz, um zu begreifen, wohin er sich hatte treiben lassen. Er befand sich am südlichen Brunnen, der die Grenze des Akarlands markierte. Und dort, um den Brunnen lag ein weiterer alter Feind – Scheich Zeid!

Der Dschinn überlegte, daß dieser Übergriff auf Majiids kostbares Wasser den niedergeschlagenen Scheich zu neuem Leben würde erwachen lassen, als er plötzlich eine Form erblickte, die sich vor ihm in der Luft verdichtete.

»Raja?« fragte Fedj mißtrauisch, wobei seine Hand ans Heft seines riesigen Säbels fuhr.

Der stark muskulöse, dunkelhäutige Leib des Dschinns von Scheich Zeid schimmerte, die Hand ebenfalls am Schwertgriff, vor Fedj in den Hitzewogen, die vom Sand emporwallten.

»Fedj?« fragte der andere Dschinn und trieb näher heran.

»Es ist Fedj, wie du sehr wohl weißt, es sei denn, dein Augenlicht hat denselben Weg genommen wie dein Verstand und ist geflohen!« erwiderte Fedj wütend.

»Das Wasser, das du dort trinkst, stammt aus dem Brunnen von Scheich Majiid! Dein Herr wird natürlich wissen, daß jeder, der ohne Erlaubnis des Scheichs von diesem Wasser trinkt, seinen Durst schon bald in seinem eigenen Blut ersäufen wird.«

»Mein Herr trinkt, wann es ihm beliebt, und wer versucht, ihn daran zu hindern, wird seinen Tag in den Bäuchen der Schakale beenden!« knurrte Raja.

Krummsäbel flackerten gelblich in der Sonne, Gold blitzte von Ohrringen und Armbändern, Schweiß glitzerte auf nackter Brust, als die Dschinnen sich in der Luft duckten und sich abwartend beäugten ...

Da schleuderte Raja seinen Krummsäbel plötzlich mit einem verbitterten Fluch von sich. Der Säbel stürzte im Spiralflug unbeachtet durch den Himmel, um mit einem dumpfen Scheppern zu Boden zu fallen und eine schwertförmige Schlucht in die Pagrahwüste zu schneiden, die bis heute alle, die sie zu sehen bekommen, vor Rätsel stellt.

»Bring mich auf der Stelle um!« schrie Raja. Tränen strömten seine Wangen hinab. Er breitete die Arme aus und warf sich in die Brust. »Bring mich sofort um, Fedj. Ich werde keinen Finger rühren, um dich daran zu hindern!«

Obwohl die Wirkung dieses Schauspiels etwas durch die Tatsache verlor, daß der Dschinn unsterblich war und Fedj ihn tausendmal mit seinem Krummsäbel durchbohren könnte, ohne ihm irgendwelchen Schaden anzutun, war es doch eine noble Geste, die Fedj zutiefst bewegte.

»Mein Freund, was soll das bedeuten?« rief Fedj bestürzt, senkte seine Waffe und näherte sich Raja, nicht ohne ein gewisses Maß an Vorsicht dabei walten zu lassen. Wie sein Herr, Zeid, war der Kriegerdschinn Raja ein gerissener alter Hund, der immer noch den einen oder anderen Zahn im Gebiß führen mochte.

Doch als er näher kam, sah Fedj, daß Raja tatsächlich kaum noch mehr war als ein geprügelter Welpe. Die Verzweiflung des dunklen Dschinns war so offensichtlich und echt, daß Fedj seine Waffe wieder in ihre Scheide zurückführte und sofort einen tröstenden Arm um die massigen, bebenden Schultern legte.

»Mein Freund, hör doch auf damit!« sagte Fedj, vom Anblick dieser Trauer bekümmert. »So schlimm kann es doch nicht sein!«

»Ach, kann es nicht?« rief Raja heftig, schüttelte den Kopf, bis seine riesigen goldenen Ohrringe gegen seinen Kiefer klimperten. »Dann erzähl doch Scheich Majiid, daß Zeid ihm das Wasser stiehlt! Bring ihn dazu, zu kämpfen, wie es in den vergangenen Monaten noch geschehen wäre, und es wird ihm die große Befriedigung zuteil werden, meinem Herrn dabei zuzusehen, wie er auf dem Bauch zurück in die Wüste kriecht, wo er schließlich verdorren und sterben wird wie eine Eidechse!«

Fedj hätte leichterdings schwören können, daß er genau dies tun würde. Hämisch hätte er in Zeids Sturz schwelgen und Majiid in den Himmel hochloben können. Doch er entschied sich dagegen. Rajas erbärmliche Not war seiner Pein zutiefst ähnlich, und Fedj erriet, daß Raja etwas über den wirklichen Zustand seiner Feinde wissen mußte, sonst hätte er eine solche Schwäche nicht preisgegeben, gleich wie aufgewühlt er innerlich gewesen wäre.

Der Dschinn seufzte so schwer, daß sich mehrere Sanddünen darob verschoben.

»Ach, Freund Raja. Ich werde dir die Tatsache nicht verheimlichen, daß Scheich Majiid seine Stimme nicht einmal dann im Zorn erheben würde, wenn dein Herr in sein Zelt käme, um ihm die Augen auszustechen. Und mein Scheich hat sich angewöhnt, den Gott zu verwünschen, was doch überhaupt nichts bringt, da wir doch alle wissen, daß die Ohren des *Hazrat* Akhran dieser Tage mit Sand verstopft sind.«

Raja machte seine grimmige Miene. »Es stimmt also, was wir gehört haben – daß Majiid und Jaafar sich in einem Zustand befinden, der beinahe ebenso verzweifelt ist wie unserer?«

»Beinahe!« erwiderte Fedj in plötzlichem Zorn. »Kein Zustand kann verzweifelter sein als jener, in dem wir uns befinden. Wir haben sogar schon damit angefangen, die Lagerhunde zu fressen!«

»Ach ja?« fragte Raja mit wachsendem Groll. »Nun, Lagerhunde würden uns wie eine Delikatesse erscheinen! Wir haben begonnen, Schlangen zu fressen!«

»Gestern haben wir den letzten Jagdhund verzehrt, und da wir bereits jede Schlange in der Wüste aufgefressen haben, werden wir bald dazu gezwungen sein ...«

Die Luft teilte sich in dem, was einem Sterblichen als gewaltiger Blitz erschienen wäre, der vom Himmel in den Boden einschlug. Die beiden Dschinnen jedoch erblickten wirbelnde Arme und Beine und vernahmen eine Donnerstimme. Da sie einen der ihren erkannten, schluckten beide Dschinnen ihre Worte (die nahrhafter waren als jede Schlange und jeder Hund) herunter, und wandten sich sofort dem versengten und qualmenden Fremden zu, der unten am Fuß einer Düne schwer keuchend auf dem Rücken lag.

»Erhebe und erkläre dich. Benenne deinen Herrn und teile uns mit, was er im Lande der Akar und der Aran zu suchen hat!« verlangten Raja und Fedj.

Der fremde Dschinn stand unbeeindruckt auf; er hielt selbst ein Schwert in der Hand. Als sie die Pracht seiner Kleidung erblickten, seine mit Edelsteinen besetzte Waffe und seinen Ausdruck der Überlegenheit, den er nicht angelegt hatte, wie man einen Kaftan anzulegen pflegte, sondern der ihm angeboren war, wechselten Fedj und Raja unruhige Blicke.

»Der Name meines Herrn ist für euresgleichen hier auf dieser Ebene nicht von Belang«, erklärte der Dschinn kühl.

»Dienst du einem der Ältesten?« fragte Fedj in gedämpftem Ton, während Raja sofort das *Saalam* entbot.

»Das tue ich!« sagte der Dschinn und sah sie dabei streng an. »Und ich möchte doch zu gerne wissen, weshalb zwei solch kräftige Männer wie ihr hier unten herumhängt, während es oben Arbeit gibt?«

»Arbeit? Was meinst du damit?« fragte Raja wütend. »Wir hängen hier unten herum im Dienst unserer Herren ...«

»... während im Himmel Krieg tobt?«

»Krieg!« Beide Dschinnen starrten den Fremden fassungslos an.

»Die Ebene der Unsterblichen ist in Feuer ausgebrochen«, erklärte der fremde Dschinn grimmig. »Irgendwie wurden die verschollenen Unsterblichen entdeckt und aus ihrem Gefängnis befreit. Die Göttin Evren und ihr Gegenpart, der Gott Zhakrin, sind ebenfalls ins Leben zurückgekehrt und zeihen Quar des Versuchs, sie zu vernichten! Einige der Götter unterstützen Quar, andere greifen ihn an. Wir kämpfen um unsere nackte Existenz! Habt ihr denn von alledem nichts vernommen?«

»Nein, nichts, bei Akhran!« schwor Fedj.

Raja schüttelte den Kopf, seine Ohrringe schepperten dissonant.

»Wahrscheinlich ist das nicht einmal verwunderlich«, überlegte der Fremde, »wenn man das Chaos da oben bedenkt. Aber nun, da ihr davon wißt, gilt es, keine Zeit zu verlieren. Ihr müßt mitkommen! Wir brauchen jedes Schwert. Quars Ifrit Kaug wird von Augenblick zu Augenblick stärker!«

»Aber wenn alle Unsterblichen das Reich der Sterblichen verlassen, welch schreckliche Dinge werden dann dort unten geschehen?«

»Immer noch besser, als wenn das Unsterbliche Reich zusammenbricht«, versetzte der Fremde. »Denn das würde das Ende von allem bedeuten.«

»Ich muß es meinem Herren mitteilen«, sagte Fedj mit gefurchter Stirn.

»Ich ebenfalls«, erklärte Raja.

»Und dann werden wir uns dir anschließen.«

Der fremde Dschinn nickte und sprang ans Firmament zurück, wobei er einen gewaltigen Wirbelwind erzeugte, der den Sand in einer wallenden Wolke aufwirbeln ließ. Mit grimmiger Miene verschwanden Fedj und Raja gemeinsam, hinterließen dabei zwei gleichzeitige Explosionen, die Löcher ins Granitgestein sprengten und die gesamte Pagrahwüste zum Beben brachten.

## 2

Der Späher lief wie wild durch die Wüste, stolperte und stürzte häufig, sprang wieder auf die Beine und rannte erneut weiter. Dabei schrie er lauthals, und schon bald hatte jeder Mann der dezimierten Stämme der Scheichs Jaafar und Majiid den Schutz der Zelte verlassen und blickte mit gespanntem Interesse dem Späher entgegen. Er war ein Akar, ein Mitglied des Stamms von Scheich Majiid, und er war zu Fuß, nicht zu Pferd. Die wenigen verbliebenen Pferde – jene, die man in der Wüste herumirren gefunden hatte, nachdem die Soldaten des Emir sie freigesetzt hatten – galten als kostbarer denn jeder Edelstein der Schatzkammer des Sultans.

Eins dieser Pferde gehörte Majiid selbst, und man erzählte sich, daß der Hengst, nachdem sein Herr in der Schlacht gefallen war, tapfer den Leib seines Reiters bewacht und die Soldaten mit Tritten abgewehrt habe. Ein weiteres verbliebenes Pferd gehörte ursprünglich Khardan. Niemand konnte sich ihm nähern. Jeder, der es versuchte, wurde durch angelegte Ohren und gebleckte Zähne davor gewarnt. Doch hielt sich Khardans Pferd in der Nähe des Lagers auf, wo man es oft in der Morgen- oder Abenddämmerung zu sehen bekam, ein gespenstischer schwarzer Schatten zwischen den Dünen. Die phantasievolleren Menschen behaupteten, dies habe zu bedeuten, daß Khardan tot sei, daß sein Geist in sein Pferd gefahren sei und nunmehr sein Volk beschütze. Die praktisch Gesinnten meinten, der Hengst würde sich niemals allzuweit von seinen Stuten entfernen.

Der Späher kam ins Lager gestolpert. Man reichte ihm eine mit lauwarmem Wasser gefüllte *Girba*, aus der er hastig, aber sparsam trank. Dann trat er auf Majiids Zelt zu. Die Klappe war zugeschlagen, ein Zeichen, daß der Scheich nicht gestört werden wollte. So war es die meiste Zeit, seit die Kunde von Khardans Schmach eingetroffen war und der Vater das Schwert seines Sohns zerbrochen und ihn für tot erklärt hatte.

»Mein Scheich!« rief der Mann. »Ich bringe Nachricht.«

Keine Antwort.

Der Spähter blickte sich verunsichert um, und einige der anderen Männer drängten ihn mit Handzeichen dazu, fortzufahren.

»*Effendi*«, setzte der Späher verzweifelt fort, »Scheich Zeid und sein Volk lagern um den Südbrunnen!«

Ein leises Murmeln fuhr wie Wind durch den Sand über die Akar. Die Hrana, die von Scheich Jaafar angeführt wurden, der aus seinem Zelt getreten war, um das Geschehen zu verfolgen, musterten einander wortlos. Das bedeutete Krieg. Wenn es irgend etwas gab, was Majiid aus seiner Trauer reißen würde, dann mit Sicherheit diese grundlose Besetzung seines Gebiets durch seinen Erzfeind.

Das Gemurmel der Akar schwoll zu zornigem Trotz an, und schließlich klappte das Zelt auf.

So abrupt senkte sich Stille über alle, daß es den Anschein hatte, als hätte jemand den Männern die Luft aus den Kehlen gesaugt. Jene, die Majiid schon längere Zeit nicht mehr gesehen hatten, wandten die Köpfe ab und hatten Tränen in den Augen. Der Mann war, wie es schien, für jeden Monat, der seit dem Überfall auf den Tel verstrichen war, um ein

Jahrzehnt gealtert. Der große, kräftige Körper war gebeugt. Der einstmals scharfe, stechende Blick der dunklen Augen war matt und stumpf. Schlaff hing der struppige Schnurrbart unter der Habichtnase herab, die jetzt so bleich und verzehrt war wie ein abgenagter Knochen.

Aber Majiid war immer noch der Scheich, der anerkannte Anführer seines Stamms. Der Späher fiel auf die Knie, sei es aus Verehrung oder aus Erschöpfung, während einige der *Aksakal*, der Stammesältesten, vortraten, um sich über diese Nachricht zu beraten.

Mit einer matten Handbewegung schnitt Majiid ihnen das Wort ab. »Unternehmt nichts.«

Nichts! Die *Aksakal* starrten einander an, die Männer der Akar blickten finster drein, und Jaafar runzelte kopfschüttelnd die Stirn. Majiid ließ den Blick in die Runde schweifen, und seine dunklen Augen blitzten von plötzlichem Feuer.

»Wollt ihr etwa kämpfen, ihr Narren?« höhnte er. »Wie denn?« Er deutete auf die Oase. »Wo sind die Pferde, die euch in die Schlacht tragen sollen? Wo ist das Wasser für eure *Girba*? Wollt ihr Zeid mit Schwertern bekämpfen, die zerborsten sind?«

»Ja!« rief ein Mann leidenschaftlich. »Wenn mein Scheich das will!«

»Ja! Ja!« riefen auch die anderen.

Majiid senkte den Kopf. Der Späher blieb auf den Knien, sah flehendlich zu ihm auf, und für einen Augenblick schien es, als würde der Scheich noch etwas sagen wollen. Sein Mund bewegte sich, doch es kamen keine Worte hervor. Mit einer weiteren matten, niedergeschlagenen Geste seiner ausgemergelten Hand kehrte sich Majiid wieder zu seinem Zelt um.

»Warte!« rief Scheich Jaafar und kam auf seinen kurzen, stämmigen Beinen mit wehendem Gewand auf sie zu. »Ich meine, wir sollten Zeid bitten, zu uns zu kommen, um mit uns zu reden.«

Der Späher starrte vor sich hin. Majiid blickte wütend

drein. »Warum nicht gleich den Emir noch dazu einladen, Hrana?« rief er. »Der ganzen Welt unsere Schwäche vorführen!«

»Die Welt weiß bereits darum«, brüllte Jaafar. »Was ist los, Akar? Hat dich dein Verstand zusammen mit deinen Pferden verlassen? Wenn Zeid stark wäre, würde er dann am südlichen Brunnen herumlungern? Würde er dann nicht herbeigeritten kommen, um diese Oase einzunehmen, von der doch jeder weiß, daß sie die reichste in der Pagrah ist? Sag uns, was du gesehen hast.« Jaafar wandte sich an den Späher.

»Beschreibe das Lager unseres Vetters.«

»Es ist nicht groß, *Effendi*«, sagte der Späher, an Majiid gewandt, obwohl er doch Jaafar antwortete. »Sie besitzen kaum noch Kamele. Die Zahl der Zelte unserer Vettern ist nicht groß, und sie sind nur halbherzig aufgeschlagen, liegen über dem Wüstenboden verteilt da wie Männer, die von *Qumiz* trunken sind.«

»Siehst du? Zeid ist ebenso geschwächt wie wir!«

»Das ist eine List«, meinte Majiid schleppend.

Jaafar schnaubte. »Warum? Ich behaupte, Zeid ist aus ebendiesem Grund zu uns gekommen – um mit uns zu reden. Wir sollten mit ihm sprechen!«

»Worüber?«

Die Worte fielen von Majiids Lippen wie Fleisch aus der Hand eines Mannes, der eine Falle mit einem Köder spickte. Alle Anwesenden wußten es, Jaafar eingeschlossen, und niemand sagte ein Wort.

»Über Kapitulation«, antwortete Jaafar dann.

»Eine nach der anderen«, sagte Scheich Zeid, »sind die südlichen Städte des Bad im *Dschihad* gefallen. Der Emir ist ein geschickter General, der seinen Feind erst von innen heraus schwächt, um ihn dann von außen mit der Wucht eines Gewitterblitzes zu treffen. Wer sich dem Quar ergibt, dem widerfährt Gnade. Nur ihre Priester und Priesterinnen werden dem Schwert überantwortet. Doch jene, die Widerstand leisten ...« Zeid seufzte, fahrig strichen seine Finger über den Saum seines Gewands, wie er mit untergeschlagenen Beinen auf den zerfransten Kissen im Zelt von Scheich Jaafar saß.

»Nun«, setzte Jaafar nach, »und jene, die Widerstand leisten?«

»In Bastine«, sagte Zeid leise mit gesenktem Blick, »sind fünftausend gestorben! Mann, Frau und Kind!«

»Da sei Akhran vor!« rief Jaafar entsetzt.

Majiid rührte sich. »Was hast du erwartet?« fragte er in hartem Ton. Es war das erstemal, daß er ein Wort gesagt hatte, seit Zeid ins Lager geritten gekommen war. Die drei Männer saßen beisammen und teilten sich eine kärgliche Mahlzeit, wobei nur einer von ihnen so tat, als würde er wirklich essen. »Der Emir hat vor, Quar zum einen, wahren Gott zu machen. Und vielleicht hat er das auch verdient.«

»Die Dschinnen sagen, daß nicht nur hier unten, sondern auch oben im Himmel ein Krieg tobt«, warf Jaafar ein. »Jedenfalls hat Fedj mir das erzählt, bevor er vor drei Tagen verschwand.«

»Raja hat mir das gleiche erzählt«, pflichtete Zeid ihm düster bei. »Und wenn dem so sein sollte, so fürchte ich, daß *Hazran* Akhran unter großem Druck steht. Nicht einmal der *Schirokko* setzt uns dieses Jahr zu. Unserem Gott fehlt es an Mut.« Seufzend schob der Scheich seinen Teller beiseite; sofort griffen die wenigen Diener, die Jaafar noch verblieben waren, danach, um das restliche Essen zu vertilgen.

Majiid schien das Seufzen nicht zu vernehmen. Jaafar dagegen tat es und warf Zeid einen bohrenden Blick zu, sagte aber nichts, da es als unhöflich galt, einen Gast zu verhören.

Das Gespräch wandte sich dem dunklen Schicksal des Stamms zu. Zeids Volk war es ähnlich wie dem Rest der Wüstennomaden in der Schlacht gegen den Emir ergangen.

»Alle Frauen und Kinder und der größte Teil meiner jungen Männer, darunter sechs meiner Söhne, werden in der Stadt Kich gefangengehalten«, sagte der Scheich, dem die Kleider an dem vormals rundlichen Leib schlaff herabhingen. »Meine Männer verzehren sich vor Sorge, und ich will nicht verhehlen, daß ich nicht wenige von ihnen verloren habe – sie sind in die Stadt gegangen, um bei ihren Familien zu leben. Und wer kann es ihnen schon verübeln? Der Emir hat unsere Kamele erobert, nun dienen sie in seinem Heer. Ich habe bemerkt, daß ihr nur wenige Pferde habt. Und eure Schafe?« Er wandte sich Jaafar zu.

»Abgeschlachtet«, erwiderte der kleine Mann, dessen Augen rot von Trauer und Wut waren. »Sicher, einige haben überlebt, jene, die sich vor den Soldaten verstecken konnten. Aber nicht genug. Ich begreife aber nicht, weshalb der Emir uns nicht gleich alle mitabgeschlachtet hat!«

»Er will die lebendigen Seelen für Quar haben«, erwiderte Zeid trocken. »Jedenfalls war das ursprünglich seine Absicht. Nach allem, was ich höre, hat sich das allerdings geändert. Und das nicht auf Qannadis Wunsch oder mit seiner Billigung, sofern die Gerüchte stimmen. Der Imam, dieser Feisal, ist es, der befohlen hat, daß alle, die besiegt werden, sich entweder bekehren oder sterben müssen.«

»Aha!« rief Majiid skeptisch.

Zeid schüttelte den Kopf. »Qannadi ist ein Soldat. Er genießt das Morden nicht. Man hat mir berichtet, daß er sich weigerte, seinen Soldaten den Befehl zu geben, in Bastine Unschuldige niederzumachen, und daß die Priester des Imams es selbst tun mußten. Außerdem heißt es, daß einige der Soldaten gegen das Massaker rebelliert haben und daß der Imam jetzt über ein eigenes Heer fanatischer Anhänger verfügt, die ihm blindlings gehorchen. Man erzählt sich, Majiid«, Zeid suchte seine Worte mit Bedacht aus und hielt den Blick gesenkt, »daß dein Sohn, Achmed, Qannadi sehr nahestehen soll.«

»Ich habe keinen Sohn«, erwiderte Majiid tonlos.

Zeid blickte Jaafar an, der nur die Schultern zuckte. Der Scheich der Hrana interessierte sich nicht besonders hierfür. Er wußte, daß Zeid absichtlich schlechte Nachricht zurückbehielt und wünschte sich ungeduldig, daß sie endlich aus ihm herausplatzen möge.

»Dann ist es also wahr, daß Khardan tot ist?« fragte Zeid vorsichtig. »Mein Beileid. Möge er für immer mit Akhran reiten, der ihn vielleicht sogar ausdrücklich geholt hat, um ihn in dem himmlischen Krieg an seiner Seite zu haben.« Der Scheich hielt inne und erwartete eine Antwort auf etwas, von dem jedermann im Zelt wußte, daß es nur eine höfliche Erfindung war. Zeid hatte auch die Geschichte über Khardans Verschwinden vernommen, und wären die Umstände weniger schlimm gewesen und wäre er nicht hier als Gast in diesem Lager, hätte sich der Scheich ein grimmiges Vergnügen daraus gemacht, das Fleisch seines Feinds mit den vergifteten Dolchspitzen des Klatsches zu traktieren. Doch im Augenblick lag die Klinge eines sehr viel größeren Schwerts an ihrer Kehle. Majiid erwiderte nichts. Sein Gesicht, das so stark gefurcht war, als wäre es den Hieben eines Säbels zum Opfer gefallen, blieb unverändert. Doch das Glitzern in seinen Augen schien anzuzeigen, daß er zuhörte, und so fuhr Zeid fort, obwohl er nicht wußte, ob er damit Balsam auf eine Wunde strich oder im Gegenteil Salz hineinrieb.

»Aber Achmed ist es, über den ich gehört habe. Es scheint, daß dein zweiter Sohn, wiewohl er mit den anderen gefangengenommen wurde, jetzt mit den Heeren des Emirs reitet. Achmed ist ein tapferer Krieger geworden, dessen Taten ihm den Respekt und die Bewunderung jener eingetragen haben, mit denen zusammen er reitet – jener, die einst seine Feinde waren. Es heißt, er habe Qannadi das Leben gerettet, als dem General das Pferd unter seinen Schenkeln getötet wurde, so daß der Emir zu Fuß gehen mußte, umringt von den Bastinitern, die wie zehntausend Teufel kämpften. In der allgemeinen Verwirrung war Qannadi von seiner Leibwache abgeschnitten worden, und nur Achmed war übriggeblieben, der mit jenem Können, für das die Akar berühmt sind, sein Pferd lenkte und allein gegen sämtliche Angreifer ankämpfte, bis der Emir hinter ihm aufsitzen konnte und die Leibwache es schaffte, eine Bresche zu schlagen und sie zu retten. Danach beförderte Qannadi deinen Sohn Achmed zum Hauptmann, was für einen erst Achtzehnjährigen eine große Ehre ist.«

»Hauptmann in einer Armee der Kafiren!« rief Majiid so voller Zorn, daß die Diener die Eßschüsseln fallen ließen, die sie gerade ausleckten, um sich geduckt in den dunklen Teil des Zelts zurückzuziehen. »Besser wäre er tot!« donnerte er. »Besser wären wir alle tot!«

Angesichts einer solchen Lästerung weiteten sich Jaafars Augen, und sofort machte er die Geste gegen das Böse. Auch Zeid vollführte sie, aber langsam, und als sich seine Lippen zum Sprechen öffneten, wußte Jaafar, daß sein Vetter im Begriff stand, ihm die Nachricht mitzuteilen, die so schwer auf seinem Herzen lastete.

»Ich habe noch eine weitere Nachricht. Tatsächlich geschah es in der Hoffnung – oder in der Furcht –, sie dir mitzuteilen, daß ich mein Lager am Südbrunnen aufschlug.«

»Heraus damit!« sagte Jaafar ungeduldig.

»In einem Monat kehrt das Heer des Emirs zurück nach Kich. Der Imam hat verfügt, daß wir in die Stadt kommen und in Zukunft daselbst leben müssen und daß wir dem Quar die Treue schwören, sonst ...« Zeid machte eine Pause.

»Sonst was?« fragte Majiid grimmig.

»Sonst wird unser Volk in einem Monat sterben.«

# 3

Meryem kniete neben dem *Hauz* und warf die *Girba* aus Ziegenhaut mit einer gereizten Geste in den Teich, was ihr einen verächtlichen Blick von einem reichen Mann eintrug, der neben ihr seinen Esel tränkte. Fluchend schritt er zum *Souk* davon.

Meryem ignorierte ihn. Obwohl ihr Schlauch gefüllt war, verweilte sie noch am *Hauz* und ließ träge die Hand durch das Wasser gleiten, während sie die Vorbeikommenden beobachtete und die offenkundige Bewunderung der beiden Palastwachen genoß, die zufällig durch diesen Teil der Stadt Kich kamen. Die Wachen erkannten sie nicht – das war auch ein Grund dafür, weshalb sie diesen *Hauz* am anderen Ende der Stadt benutzte, und nicht jenen, der in Palastnähe lag. In der letzten Woche hatten mehrere der Konkubinen des Emirs und ihr Eunuch Meryem beim Besuch in den Basaren erblickt und wiedererkannt. Natürlich hatten sie sie nicht verraten. Sie wußten, daß sie irgendein geheimes Werk für Yamina ausführte, die Frau des Emirs, die in Abwesenheit ihres Manns über Kich herrschte. Aber Meryem hatte ihr Kichern vernommen. Die Schleier, die ihre Gesichter bedeckten, hatten ihr verächtliches Lächeln nicht verbergen können. Der Eunuch hatte unter dem Vorwand, ihr behilflich sein zu wollen, die Frechheit besessen, sich vorzubeugen und zu flüstern: »Wie ich höre, läßt sich der Schmutz körperlicher Arbeit, wenn er sich erst einmal in die Poren eingerieben hat, nie wieder auswaschen. Du könntest es aber einmal mit Zitronensaft an den Händen versuchen, meine Liebe.«

Zitronensaft! Und das einer Tochter des Kaisers!

Meryem hatte dem Mann, der kein Mann mehr war, eine Ohrfeige verpaßt, worauf eine mütterliche Frau ihr aufgescheucht zur Hilfe eilte und den Eunuchen anschrie, er solle sich verziehen und anständige Frauen in Ruhe lassen. Das hatte unter den Konkubinen natürlich noch mehr Gelächter hervorgerufen, ebenso einen affektierten Blick beleidigter Würde von dem Eunuchen, als er davonwatschelte, um seine Schutzbefohlenen mit seinem Witz zu unterhalten.

Seitdem hatte Meryem jeden Tag weite Umwege unternommen, um Wasser zu holen. Als Badia das Mädchen danach befragte, weshalb sie so ungewöhnlich viel Zeit dafür brauchte, hatte Meryem lediglich geantwortet, daß die Soldaten des Emirs sie belästigt hätten. Badia, die mit Meryems angeblicher Geschichte von der erbärmlichen Tochter eines ermordeten Sultans vertraut war, hatte nichts mehr zu dem Mädchen gesagt. Meryem aber hatte Rachepläne geschmiedet. Vor allem gegen den Eunuchen. Ihm hatte sie etwas ganz Besonderes zugedacht.

Doch das lag in der Zukunft – in einer Zukunft, die ihr ... ja, was verhieß? Sie hatte einmal geglaubt, es zu wissen. Die Zukunft barg Khardan, *sie* barg Khardan. Khardan würde Emir von Kich werden und sie selbst seine Lieblingsfrau, die Herrscherin seines Harems. Das war erst Monate zuvor ihr liebster Traum gewesen, als sie noch im Nomadenlager lebte und Khardan jeden Tag sah und sich Nacht für Nacht nach ihm verzehrte. Als eine von Hunderten von Töchtern eines Kaisers, der sie nicht einmal beim Namen kannte, die dem Lieblingsgeneral des Kaisers, Abul Qasim Qannadi, zum Geschenk gemacht worden war, war Meryem daran gewöhnt, sich Männern ohne Freude hinzugeben. Doch in Khardan hatte sie einen Mann entdeckt, den sie haben wollte, einen Mann, der *ihr* Freude bereitete, das jedenfalls erträumte sie sich von ihm, da ihre Versuche, Khardan in ihr Bett zu locken, vereitelt worden waren.

Doch der Angriff des Emirs auf das Nomadenlager hatte Hunderte, nicht zuletzt auch Meryem, ins Verderben gestürzt. Zunächst hatte es so ausgesehen, als würde es ihren Plänen sogar zum Besten gereichen. Sie hatte Khardan ein Amulett gegeben, das ihn mitten inder Schlacht in einen tiefen, todesähnlichen Schlaf versetzt hatte. Dann hatte sie ihn wegbefördert, um ihn nach Kich zu führen, wo sie ihn ganz für sich haben wollte, damit sie ihn – dazu bringen konnte, ihr beim Sturz des Emirs zu helfen. Doch dieser rothaarige Verrückte und die schwarzäugige Hexe von einer Frau des Kalifen hatten Meryem ihre Pläne im wahrsten Sinne des Wortes aus dem Kopf geschlagen. Sie hatten Khardan entführt, irgendwohin jenseits von Meryems magischer Sehweite. Nun war sie wieder unter den Nomaden und tat so, als sei auch sie eine Gefangene in der Stadt Kich; sie führte ein trostloses Leben der Mühsal und Arbeit und verbrachte jede Nacht damit, in ihre Hellseherschale zu blikken, in der Hoffnung, Khardan darin zu schauen.

Doch wenn sie jetzt seinen Namen aussprach, brannte sie nicht mehr von Verlangen. Ohne seine körperliche Anwesenheit hatte sich das Feuer ihrer Leidenschaft schon vor langem abgekühlt. Das einzige, was sie empfand, wenn sie seinen Namen leise aussprach, während sie in die Schale verzauberten Wassers blickte, war Furcht.

*Wisse dies, mein Kind. Wenn ich seinen Namen von der Zunge eines anderen vernehme, bevor ich ihn von deiner vernommen habe, werde ich dir die Zunge aus dem Mund reißen lassen.*

So hatte Feisal gesprochen, der Imam.

Wie sie in das Wasser des *Hauz* starrte, vernahm Meryem einmal mehr diese Worte und erzitterte so heftig, daß ihre bebende Hand das Wasser in Wellen versetzte. Es war *Aseur,* nach Sonnenuntergang, kurz vor Abendeinbruch. Sie vernahm die Geräusche des Basars, der zur Nacht geschlossen wurde – Händler, die ihre Waren verstauten, bevor sie ihre Stände scheppernd schlossen. Badia und die anderen würden sie erwarten; das Wasser wurde für die Zubereitung des Abendessens gebraucht, eine Aufgabe, bei der sie mitzuhelfen hatte. Verbittert seufzend hob Meryem die glatte Ziegenhaut und begann damit, sie durch die übervölkerten, schmalen Straßen von Kich zu jenem Pferch zu tragen, wo die Nomaden von Gnaden des Emirs lebten.

Meryem blickte auf ihre Hände herab und fragte sich, ob

der Eunuch vielleicht die Wahrheit gesagt haben mochte. Würde der Schmutz und der Dreck sich jemals abwaschen lassen? Würden die Flecken an Fingern und Händen jemals wieder verschwinden? Und wenn nicht – welcher Mann würde sie dann noch haben wollen?

»Heute nacht werde ich Khardan *schauen*!« flüsterte Meryem bei sich. »Ich werde diesen Ort verlassen und mit Feisals Belohnung in den Palast zurückkehren!«

Das Haus war dunkel und still. Die sechs Frauen und ihre zahlreichen kleinen Kinder, die sich in der winzigen Unterkunft scharten, schliefen in ihre Decken gehüllt. Auf dem Boden über einer Wasserschale, die sie zwischen den gekreuzten Beinen im Schoß hielt, saß Meryem mit dem Rücken zu den anderen und verbarg ihr Werk sorgfältig in den Falten ihres Gewands. Gelegentlich sprach das Mädchen mit murmelnder Stimme ein Gebet an Akhran, den Gott dieser armseligen Nomaden. Sollte eine der Frauen erwachen, würde sie Meryem in frommem Gebet sehen und hören.

In Wirklichkeit vollzog sie einen Zauber.

Das Wasser in der Schale war schwarz von den Schatten der Nacht. Falls der Mond scheinen sollte, könnte doch kein einziger Strahl seines Lichts hier eindringen, denn es gab keine Fenster in den Gebäuden, die sich übereinandertürmten wie Spielzeuge, die von einem Kind im Wutanfall wild verstreut worden waren. Es gab nur eine einzige Tür, die in den gebrannten Lehm eingelassen war und die tagsüber offenstand, während man sie nachts mit einem gewobenen Tuch bedeckte. Doch Meryem brauchte kein Licht.

Mit geschlossenen Augen flüsterte sie geheime Worte, die sie gelegentlich mit dem Namen Khardans verwob. Als sie den Zauber dreimal gesprochen hatte, blickte Meryem in die Schale und hielt dabei die Luft an, um das Wasser nicht aufzuwühlen.

Die Vision kam ihr, wie jede Nacht, und Meryem begann schon in ihrem Herzen Verwünschungen auszustoßen, als sie plötzlich damit innehielt. Die Vision veränderte sich!

Da war die *Kavir* – eine Salzwüste, die im gleißenden Sonnenlicht glitzerte. Und da war auch jenes unglaublich blaue Gewässer, dessen sanfte Wogen gegen den weißen Ufersand spülten. Schon oft hatte sie dies geschaut und versucht, darüber hinauszusehen, denn sie wußte in ihrem Herzen, daß Khardan dort war, irgendwo. Doch jedesmal wenn sie schon glaubte, ihn gleich zu Gesicht zu bekommen, hatte sich eine dunkle Wolke über ihre Vision geschoben. Nun jedoch versperrte keine Wolke ihre Sicht. Ihr Herz raste, daß sie schon fürchtete, sein Klopfen würde die schlummernden Frauen aufwecken. Meryem erschaute ein Boot, das über das blaue Wasser segelte, um an dem Sandstrand zu landen. Sie erblickte einen Mann ... den rothaarigen Verrückten, der da aus dem Boot stieg. Sie erschaute drei Dschinnen, ein kleines verhutzeltes Wiesel von einem Mann und einen weiteren, der eine merkwürdige Rüstung trug ...

Ja! Khardan!

Meryem zitterte vor Erregung. Mit dem rothaarigen Verrückten half er jemandem vom Boden des Boots auf. Das war Zohra, Khardans Frau. Meryem betete zu Quar, daß es Zohras Leichnam sein mochte, den sie dort mit solcher Sanftheit behandelten. Ihre Hände zitterten vor eifriger Wonne, als sie sich lautlos erhob, das Wasser auf den Boden aus gestampftem Erdreich ergoß und verschleiert auf die leere Straße hinausschlüpfte. Meryem blickte um sich, weil sie sichergehen wollte, daß sie allein war, dann griff sie in ihre Gewänder. Sie holte einen Kristall aus schwarzem Turmalin hervor, in Gestalt eines Dreiecks geschnitten, der an einer Silberkette um ihren Hals hing.

Den Edelstein hob sie gen Himmel und flüsterte: »Kaug, Diener des Quar, ich bedarf deiner Dienste. Bring mich so schnell wie der Wind in die Stadt Bastine. Ich muß mit dem Imam reden.«

## 4

Achmed stieg die scheinbar endlosen Marmorstufen empor, die zum Tempel des Quar in der besetzen Stadt Bastine führten. Der frühere Tempel des Gotts Uevin in der einstmals freien Hauptstadt des Landes Bad erschien Achmed außerordentlich häßlich. Mit seinen unförmigen Säulen, spitzen Winkeln und scharfen Ecken gebrach es dem Tempel an der Anmut und zarten Lieblichkeit der Türme, der Minarette und des Gitterwerks, die Quars Tempel in Kich zierten. Auch der Imam verabscheute den Tempel und hätte ihn auf der Stelle niederreißen lassen, doch Qannadi hatte das verhindert.

»Das Volk von Bastine hat schon genug bittere Medizin schlucken müssen ...«

»Nur zum Wohl ihrer Seelen«, hatte Feisal fromm versetzt.

»Natürlich«, hatte der Emir erwidert. »Aber wir wollen den Patienten heilen und nicht vergiften, Imam. Ich verfüge nicht über genug Männer, um eine Rebellion zu unterdrükken. Wenn in einem Monat die Verstärkung des Kaisers eintrifft, kannst du den Tempel niederreißen.«

Feisal schnitt eine wütende Grimasse; die dunklen Augen in den eingefallenen Höhlen seines ausgemergelten Gesichts brannten vor Zorn, doch er wußte nichts einzuwenden. Indem er die Zerstörung des Tempels zu einer militärischen Angelegenheit erklärt hatte, hatte Qannadi sie den Händen des Priesters entrissen. Wenn er auch ein religiöser Mensch war, so war der Kaiser von Tara-kan zugleich ein sehr praktisch denkender Mann, der den Reichtum des neuerworbenen Gebiets von Bas genoß. Außerdem vertraute der Kaiser seinem General Abul Qasim Qannadi und bewunderte ihn. Sollte Feisal sich der Entscheidung des Emirs widersetzen, würde der Imam von seinem Kaiser keine Unterstützung erfahren, und der war nun einmal die letzte Instanz des Priesters hier auf Erden.

Und wenn er sich an die höchste Instanz wendete? Wenn Feisal zu Quar gebetet haben sollte, daß ein feindlicher Pfeil sich in die Brust des Emirs graben mochte, so wußten nur der Imam und der Gott davon. Und offenbar war auch der Gott mit dem Werk zufrieden, das Qannadi in Seinem Heiligen Namen vollzog, denn das einzige Mal, da der Emir während des gesamten Feldzugs ernsthaft in Gefahr geraten war, war der junge Achmed aufgetaucht, um ihn zu retten. Zwar hatte der Imam Quar öffentlich für diese Heldentat gedankt, doch sowohl Priester wie auch Gott mußten es als Ironie empfinden, daß ein ehemaliger Anhänger des Akhran wesentlich dazu beigetragen hatte, Qannadis Leben zu retten.

Auf dem fünften Absatz der langen Stufenreihe, die zum Tempel hinaufführte, blieb Achmed stehen, um auf die Menschenmenge hinunterzublicken, die geduldig in der Hitze des späten Vormittags auf eine Audienz beim Imam wartete. Der junge Mann wunderte sich über Qannadis Entscheidung. Er konnte keinerlei Anzeichen eines Aufstands wahrnehmen, anders als in den früheren Städten, die sie erobert hatten. Nirgends wurden in der Nacht Parolen an Mauern gekritzelt, keine Altäre Quars wurden beschädigt, keine verlassenen Gebäude gingen auf geheimnisvolle Weise in Flammen auf. Trotz der Tatsache, daß ihre Soldaten einen erbitterten und blutigen Kampf geführt und verloren hatten, schien die Stadt Bastine nur zu froh über die Herrschaft des Kaisers und seines Gotts zu sein. Zweifellos hatte die sofortige Wiedereröffnung der Handelswege zwischen Tara-kan und Bastine wie auch die Wohltaten des Quar an seine neuen Gläubigen etwas damit zu tun.

Das war der Honig, von dem das Volk von Bastine im Augenblick zehrte. Das bittere Kraut, das die Leute hatten schlucken müssen, war das Abschlachten von fünftausend Nachbarn, Freunden und Verwandten gewesen. Solange er den traumgepeinigten Schlaf der Sterblichen schlief, würde Achmed sich jenes schrecklichen Tages erinnern. Und er wußte auch, daß niemand in dieser Stadt ihn jemals vergessen würde. Aber wurden diese Menschen denn von Furcht beherrscht? Der junge Mann betrachtete die Reihen der Bittsteller und schüttelte den Kopf. Er stieg die verbliebenen drei Treppenstufen hinauf, begrüßte die Wachen des Emirs und betrat die kühlen, schattigen Räumlichkeiten des Tempels durch eine Seitentür.

Auf seinem Thron aus geschnitztem *Saksul*holz hielt der Imam seinen täglichen *Diwan* ab. Hinter ihm glitzerte auf einem Podest der goldene Widderkopf des Quar im Licht einer ewigen Flamme, die an seinem Fuß brannte. Rauch hob sich in trägen Spiralen, und wenn die mit Fresken verzierte Decke auch hoch über ihnen hing, war der Geruch des Weihrauchs im abgeschlossenen Audienzsaal des Tempels doch stark und überwältigend. Feisals Soldatenpriester standen am Haupteingang zum Audienzsaal, wo sie die Scharen der Bittsteller in Schach hielten und jedem erst dann Erlaubnis erteilten vorzutreten, wenn der Imam ein Zeichen gegeben hatte.

Obwohl Achmed sich im Schatten hielt, hatte er den gespenstischen Eindruck, daß Feisal um seine Anwesenheit wußte; er hätte sogar beschwören können, daß sich die lodernden dunklen Augen mit ihrem stechenden Blick auf ihn geheftet hatten, als er wegschaute. Doch wann immer Achmed den Priester gemustert hatte, schien sich die Aufmerksamkeit des Imam ausschließlich auf den vor ihm knienden Bittsteller zu richten.

Welche Faszination zieht mich hierher? Achmed wußte es nicht zu sagen, und jeden Tag gab er sich das Versprechen, nicht wieder zurückzukehren. Und doch fand er sich am nächsten Tag dann wieder, wie er die Stufen hinaufstieg und so regelmäßig durch die Seitentür hineinschlüpfte, daß sich die Wachen schon an seine Besuche gewöhnt hatten und einander nicht einmal mehr mit hochgezogenen Augenbrauen anblickten, wenn Achmed an ihnen vorbeischritt.

Der junge Soldat nahm seine übliche Stellung ein, gegen

eine zerborstene Säule nahe der Seitentür gelehnt; eine Stellung, von wo aus er sehen und hören konnte, ohne jedoch selbst gesehen und gehört zu werden. Heute jedoch erblickte Achmed zu seiner Bestürzung jemanden neben seiner Säule. Nachdem sich seine Augen an die Dunkelheit gewöhnt hatten, konnte der junge Mann den anderen ausmachen, und das Blut stieg ihm ins Gesicht. Er wollte sich mit einer Verneigung zurückziehen, als Qannadi ihm bedeutete näherzutreten.

»Hier verbringst du also den Morgen, da du doch eigentlich draußen sein solltest, um die Reiterei zu drillen.« Der Emir sprach leise, obwohl das Gemurmel der wartenden Bittsteller es unwahrscheinlich machte, daß man ihn vernommen hätte.

Achmed wollte etwas erwidern, doch seine Zunge wirkte wie geschwollen. Als er das Unbehagen des jungen Manns bemerkte, lächelte Qannadi matt. Achmed stellte sich neben den General.

»Bist du zornig, Herr? Die Reiterei kommt gut ohne mich zurecht ...«

»Nein, ich bin nicht zornig. Die Männer haben alles gelernt, was du ihnen beigebracht hast. Ich drille sie nur, damit sie wachsam bleiben und bereit für das ...« Der Emir machte eine Pause und musterte Achmed streng. » ... für was immer noch kommen mag.«

Jetzt war es Qannadi, der errötete. Der General wußte, daß die nächste Schlacht gegen das Volk des Jungen geführt werden könnte – gegen Achmeds Volk. Sein Blick fuhr von Achmed hinüber zu dem Imam. Dies war ein Thema, über das keiner der beiden jemals sprach, obwohl es ihnen folgte wie aasfressende Vögel einem Heerzug.

Der Emir hörte, wie die Schnallen an der Lederrüstung des jungen Mannes klimperten, als Achmed sich unruhig bewegte.

»Warum läßt du den Imam nicht diesen häßlichen Ort niederreißen, Herr?« fragte Achmed gedämpft, wobei seine

Stimme von dem schrillen Streit zweier Männer überdeckt wurde, die einander beschuldigten, beim Verkauf eines Esels betrogen zu haben. »In dieser Stadt gibt es nicht das leiseste Anzeichen für einen Aufruhr. Schau doch, sieh dir das an!«

Mit einem Nicken wies der junge Soldat in die Richtung der beiden Männer. Quar allein mochte wissen, wie, dachte Qannadi mit einer gewissen Bewunderung, aber Feisal hatte den Streit offensichtlich zur Zufriedenheit beider Parteien beigelegt, wenn man nach dem Lächeln ging, das ihre Gesichter zeichnete, als sie sich wieder von dem Priester entfernten.

»Diese Leute verehren ihn!«

»Denk mal darüber nach, was du gerade gesagt hast, mein Sohn, dann wirst du es begreifen«, erwiderte der Emir, als der Imam auf seinem Thron eine gebrechliche Hand zum Segen Quars hob.

»Natürlich hast du recht«, fuhr Qannadi fort. »Feisal könnte die ganze Stadt über ihren Köpfen einreißen, Stein und Stein, und die Bürger würden ihm immer noch ihren Dank zurufen. Mit Worten hat er den Mord in einen Segen verwandelt. Sie haben ihn gepriesen, als er ihre Freunde abschlachtete, ihre Nachbarn, ihre Verwandten. Gepriesen, weil er die Seelen der Unwürdigen errettete! Stellen sie sich etwa in einer Reihe auf, um mir ihre Sorgen vorzutragen, auf daß ich Gericht spreche? Bin nicht ich der Herrscher über diese armselige Stadt, vom Kaiser dazu ernannt? Nein, sie gehen mit ihren Geschäften, ihrem Streit mit ihren Frauen und ihrem Zank mit den Nachbarn zu ihm.«

»Und würdest du es lieber anders haben, mein Gebieter?« fragte Achmed sanft.

Qannadi warf ihm einen scharfen Blick zu. »Nein«, gestand er nach einer Weile. »Ich bin Soldat. Ich bin nie etwas anderes gewesen und habe mir auch nichts anderes angemaßt. Niemand wird dankbarer sein als ich, wenn der Statthalter des Kaisers eintrifft, um diese Stadt zu übernehmen und wir nach Kich zurückkehren können. Doch bis dahin muß ich dafür Sorge tragen, daß wir überhaupt noch eine Stadt haben, die wir ihm übergeben können.«

Achmed riß die Augen weit auf. »Der Imam würde doch bestimmt nicht ...« Er zögerte weiterzusprechen. Der Gedanke allein war schon gefährlich genug.

Qannadi sprach ihn aus. » ...dem Kaiser trotzen?« Der Emir zuckte mit den Schultern. »Quars Macht im Himmel wächst. Ebenso die Zahl der Anhänger des Imams. Wenn Feisal es wollte, könnte er mein Heer noch heute spalten, und das weiß er auch. Allerdings wäre es nur eine Spaltung. Er könnte sich nicht der Treue der gesamten Streitmacht versichern. Noch nicht. Vielleicht in einem Jahr, vielleicht in zwei. Es gibt nichts, was ich tun könnte, um ihn daran zu hindern. Und wenn dieser Tag gekommen ist, wird Feisal triumphierend in die Hauptstadt von Khandar einmarschieren, gefolgt von Millionen von Fanatikern. Nein, wenn ich der Kaiser wäre, würde ich nicht sorglos auf meinem Thron sitzen. Aber Junge, was ist denn los?«

Achmeds Gesicht war bleich, gespenstisch in der schattigen Dunkelheit. »Und du?« fragte er mit krächzender Stimme. »Was wirst ... er würde doch wohl keinen ...«

»... Mord begehen? Im Namen Quars? Haben wir das etwa nicht schon mitangesehen?« Qannadi legte dem jungen Mann eine tröstende Hand auf die Schulter. »Fürchte dich nicht. Dieser alte Hund ist zu klug, um Fleisch aus Feisals Hand entgegenzunehmen.«

Das stimmte – eine einfache Vorsichtsmaßnahme. Qannadi aß und trank niemals etwas, das nicht zuvor von jemandem gekostet worden war, den man gut dafür bezahlte, daß er die Gefahr, vergiftet zu werden, auf sich nahm. Aber ein Messerstich von hinten – dagegen war niemand gefeit. Und es wäre mit Sicherheit das Werk eines einsamen Fanatikers. Niemand würde sich mehr über ein Attentat empören als Feisal selbst.

»Es ist nicht unehrenhaft, im Kampf gegen Gott aufzugeben«, fuhr Qannadi fort und log dabei, um die Befürchtungen des Jungen zu beschwichtigen. »Wenn der Tag kommt, da ich mich geschlagen sehe, werde ich meine *Khurjin* packen und davonreiten. Vielleicht gehe ich nach Norden, zurück ins Land der Großen Steppe. Dort wird man schon bald Soldaten brauchen ...«

»Würdest du allein gehen?« fragte Achmed atemlos.

Ja, Junge. So Gott will, gehe ich allein.

»Nicht, wenn es jemanden gibt, der die Entbehrungen mit mir teilen will«, erwiderte Qannadi. Als er Achmeds Freude erblickte, hellte ein echtes Lächeln die düsteren Züge des Emirs auf. Doch das Lächeln verschwand schnell wieder, wie die Sonne, die einen Augenblick lang schien, bevor die Gewitterwolken ihre Strahlen verbannten. »In mancherlei Hinsicht freue ich mich darauf, die Verantwortung los zu sein«, sagte er mit leisem Seufzen. »Aber ich fürchte, diese Zeit wird noch lange auf sich warten lassen. Lange für uns alle.«

Weiß der Junge, welches Grauen ihm bevorsteht? Begreift er wirklich die Bedrohung seiner selbst und seines Volks? Ich habe ihn bis auf den Namen so gut wie als Sohn adoptiert. Ich kann ihn schützen, werde ihn schützen, mit aller Macht, die mir noch geblieben ist. Aber sein Volk kann ich nicht retten.

Qannadi bedauerte es nicht, die Nomaden angegriffen zu haben; das war eine vernüntige militärische Entscheidung gewesen. Er hätte nicht mit ungeschützter rechter Flanke gen Süden auf Bas marschieren können, während Tausende dieser wilden Wüstenkämpfer nach seinem Blut dürsteten. Doch bedauerte er es tatsächlich, sich dem Plan des Imams gefügt zu haben, die Leute in die Stadt zu bringen und sie dort als Geiseln zu halten. Es wäre viel besser gewesen, sie bis auf den Tod niederzuringen. Dann wären sie wenigstens ehrenvoll gestorben.

Na ja, dachte Qannadi reumütig. Wenn Khardan tot sein sollte – was er gewiß ist, trotz des Argwohns des Imams –, wird die Seele des Kalifen schon bald ruhig genug schlafen, wenn sie mich ebenfalls fallen sieht. Und vielleicht wird seine Seele der meinen vergeben, denn ich werde den jüngeren Bruder retten, den der Nomadenprinz liebte – und wenn es das letzte ist, was ich tue.

Jedenfalls werde ich es versuchen.

Qannadi legte Achmed die Hand auf die Schulter, machte kehrt und schritt stumm neben dem jungen Mann aus dem Tempel.

## 5

Als der Imam den Emir den Tempel verlassen sah, schien er es nicht zu bemerken oder weiter zu beachten, doch hatte er in Wirklichkeit schon mit äußerster Ungeduld darauf gewartet. Als sich die Seitentür hinter den beiden Männern geschlossen hatte, gestikulierte Feisal sofort einem der Unterpriester und sagte leise: »Du kannst sie jetzt vorführen.«

Der Priester verneigte sich und ging davon.

»Die Morgenaudienz ist beendet«, sagte Feisal laut, worauf unter den wartenden Bittstellern ein Gemurmel entstand. Niemand wagte es, die Stimme zum Protest zu erheben, doch alle waren darauf bedacht, daß die Soldatenpriester jedermanns Stellung in der Reihe behielten, und buhlten um Aufmerksamkeit. Die Priester ließen sich die Namen geben und trieben Quars Anhänger durch die Tür hinaus.

Weitere Priester waren hinausgeeilt, um den auf den Stufen wartenden Bittstellern die Nachricht zu überbringen und die riesigen hölzernen Tempeltore zu schließen. Die schrillen Schreie bettelnder Kinder wallten durch die Luft, welche sich erboten, für ein paar Kupferstücke einen Platz in der Reihe der Bittsteller zu sichern. Begütertere Bürger nutzten dies, um den Tempel zu verlassen und sich mit einem Mittagsmahl zu stärken. Der ärmere Gläubige suchte sich soviel Schatten, wie er konnte, ohne seinen Platz in der Warteschlange preiszugeben, und kaute auf Brot herum, das er mit dem Wasser herunterspülte, das die Priester verteilten.

Als die riesigen Tore dröhnten und den Lärm und das Tageslicht aussperrten, erhob sich Feisal von dem *Saksul*thron und streckte die Beine.

Feisal trat auf den goldenen Widderkopf zu. Die Altarflamme glitzerte in den unbeweglichen Augen. Er vergewisserte sich, daß er allein war, und kniete vor dem Altar nieder, so dicht an der Flamme, daß er ihre Hitze auf seinem kahlgeschorenen Schädel spürte. Er hob den Kopf und sah zu dem Widder auf. Die Hitze der Kohlen hämmerte gegen seine Haut; Schweißperlen bildeten sich auf den Lippen und fuhren den dünnen Hals hinunter, befleckten das Gewand, das an seinem ausgemergelten Leib hing.

»Quar, du bist mächtig. In deinem großen Namen haben wir das Land und das Volk von Bas erobert, haben seinen Gott ins Versteck getrieben, seine Statuen vernichtet, seinen Schatz genommen, den Glauben seiner Anhänger verkehrt! Der Reichtum dieser Städte mehrt noch deine Herrlichkeit! Alles ist so, wie wir es uns erträumten, wie wir es erhofften, wie wir es planten! Wie kommt es also, *Hazrat* Quar ...« Feisal zögerte. Er fuhr sich mit der Zunge über die trockenen, rissigen Lippen. »Wie kommt es ... wie kommt es ... daß du dich fürchtest!« Die Worte platzten hervor – ein gedämpftes, erschrecktes Keuchen.

Das Feuer flackerte, Flammen sprangen von den weißglühenden Kohlen empor. Sofort brach der Imam zusammen, verkrampfte den Körper wie im Schmerz. Vor dem Altar kauernd, bebte er vor Entsetzen. »Verzeih mir, Heiliger!« wiederholte er immer und immer wieder im Singsang, die dünnen Hände gefaltet. »Verzeih mir, verzeih mir ...«

Eine Stimme rief sanft seinen Namen. »Imam!« Als er den Blick hob, starrte er den Widder an, glaubte einen wirren

Moment lang, daß er den Mund bewegt hätte. Doch die Stimme wiederholte sich, und der Priester begriff mit einem Stich der Enttäuschung, daß das Geräusch von hinten kam und daß es ein stebliches Wesen war, das ihn gerufen hatte, nicht der Gott.

Bebend stand er auf und blickte wütend auf jenen, der es gewagt hatte, sein Gebet zu unterbrechen. Sichtlich zitternd wich der junge Priester vor dem Zorn des Imams zurück. Die Frau, die ihn begleitete, war gleichermaßen von Entsetzen gepackt. Die blauen Augen über dem Schleier huschten wild umher, und sie begann sich wieder auf den Geheimgang zuzubewegen, durch den sie eingetreten waren.

In himmlischer Ekstase begriff Feisal, daß er gar nicht unterbrochen worden war – es gefiel dem Gott lediglich, durch den Mund eines Menschen zu ihm zu sprechen.

»Verzeih mir«, sagte der Imam, und der junge Priester glaubte irrtümlicherweise, daß sein Vorgesetzter ihn damit meinte.

»Du bist es, der mir verzeihen sollte, Imam!« Der Priester sank auf die Knie. »Was ich tat, war unverzeihlich! Es war nur ... du hast gesagt, daß es dringend sei, mit der Frau zu sprechen ...«

»Du hast wohlgetan. Geh jetzt und hilf deinen Brüdern dabei, jenen die Wartezeit zu erleichtern, die mit ihren Lasten zu uns kommen. Meryem, mein Kind.« Der Imam nahm ihre Hand, erschrak leicht ob des eisigen Gefühls ihrer Finger. Seine eigene Haut brannte heiß. »Ich nehme an, daß du nach deiner ermüdenden Reise Erfrischungen zu dir genommen hast?«

»Ja, danke, Heiliger«, murmelte Meryem.

Der Imam sagte nichts mehr, bis der junge Priester sich aus dem Tempel entfernt hatte. Meryem stand mit gesenktem Blick vor Feisal. Sie hatte ihre Hand aus seinem Griff gelöst und nestelte unruhig am ausgefransten Goldsaum ihres Schleiers. Als sie allein waren, verharrte der Imam in Schweigen. Meryem hob den Blick.

»Ich habe ihn gesehen!«

»Wen?« fragte Feisal kühl, obwohl er sehr genau wußte, von wem die Frau sprach.

»Khardan«, sagte Meryem stockend. »Er ist am Leben!«

Der Imam wandte sich ein kleines Stück zur Seite, warf dem Widderkopf einen Blick zu, als wollte er sich versichern, daß er auch zuhörte. »Wo ist er? Wer ist bei ihm?«

»Ich ... ich weiß nicht, wo er ist«, erwiderte Meryem stokkend, als sie den Imam verärgert die Stirn runzeln sah. »Aber die Hexenfrau, Zohra, ist bei ihm. Ebenso der rothaarige Verrückte. Und ihr Dschinn.«

Feisal hatte den Eindruck, als hätten die Augen des Widders kurz geflackert.

»Und du weißt nicht, wo sie sind.«

»Es ist eine *Kavir*, eine Salzwüste, umgeben von blauem Wasser – Wasser, das blauer ist als der Himmel. Ich habe den Ort nicht erkannt, aber Kaug sagt ...«

»Kaug!« Feisal sah zu Meryem zurück, die Stirn bedrohlich in Falten gelegt.

»Verzeih mir, Imam! Ich dachte nicht, daß es falsch wäre, es dem Ifrit zu sagen!« Meryem fuhr sich mit der Zunge über die Lippen, benetzte den Schleier über ihrem Mund. »Er ... er hat mich dazu gezwungen, Heiliger! Sonst hätte er sich geweigert, mich hierherzubringen! Und ich wußte doch, daß du diese Nachricht sehr dringend erfahren wolltest ...«

»Also gut.« Der Imam beherrschte seine üble Laune, die, wie er begriff, nichts anderes war als Neid auf die ehren- und vertrauensvolle Position, die Kaug bei dem Gott innehielt. »Ich bin nicht zornig, Kind. Fürchte dich nicht. Fahre fort. Was hat Kaug gesagt?«

»Er hat gesagt, daß die Beschreibung auf das westliche Ufer der Kurdinischen See zutrifft. Als ich Khardan schaute, Imam, stieg er gerade aus einem Boot – einem Fischerboot. Kaug sagt, daß es am nordöstlichen Ufer des Meers ein armes Fischerdorf gibt, aber der Ifrit glaubt nicht, daß die Nomaden von dort kamen. Er sagt, ich solle dir ausrichten, daß er es für wahrscheinlich hält, auf Grund mancher Anzeichen, die er geschaut hat, daß sie auf der Insel Galos gewesen sind.«

»Galos!« Feisal erbleichte.

»Nicht Galos!« sagte Meryem hastig, als sie sah, daß diese Nachricht nicht willkommen war. »Das war doch nicht der Name. Ich habe mich geirrt ...«

»Du hast Galos gesagt!« rief Feisal mit hohler Stimme. »Das hat auch der Ifrit gesagt, nicht wahr?« Die Augen des Priesters loderten in ihren eingefallenen Höhlen. »Das hat er dir aufgetragen, mir zu berichten! Er warnt mich! Dank sei Quar!«

Es war also doch eine gute Nachricht. Meryem entspannte sich. »Kaug hat etwas über einen Gott namens Zhakrin gesagt ...«

»Ja!« Feisal schnitt ihr das Wort ab, er liebte es nicht, diesen Namen zu hören. Seine Gedanken schweiften zu Meda zurück, zu der blutbefleckten Hand des Manns, wie sie die Roben des Priesters packte und er mit dem letzten bebenden Atemzug seines Leibs den Fluch aussprach. »Wir brauchen nicht tiefer darauf einzugehen, mein Kind. Was läßt Kaug mir noch ausrichten?«

»Gute Nachricht!« sagte Meryem, und ihre Augen lächelten über dem Schleier. »Er sagt, daß man Khardan nicht mehr zu fürchten braucht. Er und die Hexenfrau sitzen am Ufer der Kurdinischen See gefangen. Um zu ihren Stämmen zurückzukehren, müßten sie nach Westen – durch den Sonnenamboß. Das hat noch niemand vollbracht und überlebt.«

»Aber sie haben immerhin ihre Dschinnen dabei.«

»Nicht mehr lange. Kaug bittet dich, dir keine Sorgen zu machen.«

Der Imam warf Meryem einen mißtrauischen Blick zu. »Weshalb erfreut dich diese Nachricht, mein Kind? Ich dachte, du seist in diesen Nomaden verliebt.«

Meryem zögerte nicht. Sie hatte gewußt, daß diese Frage kommen mußte, und sie hatte sich schon lange auf ihre Antwort vorbereitet. »Wie ich diese letzten Monate unter den Kafiren lebte, Imam, begriff ich, daß eine solche Liebe in den Augen Quars ein Frevel ist.«

Sie senkte demütig den Kopf, ihre Stimme zitterte im richtigen Tonfall religiöser Inbrunst – und sie konnte Feisal damit nicht im mindesten täuschen. Er erinnerte sich der Schwielen, die er auf ihren Fingerspitzen gefühlt hatte; sein Blick huschte über die zerfetzten Überreste ihrer einstmals prunktvollen Kleidung.

»Ich möchte nur in den Palast zurückkehren und dort meine frühere Stellung wieder einnehmen«, fügte Meryem hinzu und beantwortete damit unbewußt jedweden Zweifel, den der Imam noch hegen mochte.

»Deine frühere Stellung?« fragte Feisal trocken. »Ich hätte gedacht, daß du etwas ehrgeiziger bist, oder hat dein plötzliches Interesse an der Religion dich die Demut gelehrt?«

Meryem errötete unter ihrem Schleier. »Qannadi hat versprochen, mich zu seiner Frau zu machen«, erwiderte sie.

»Qannadi würde sich ebenso bereitwillig eine Schlange ins Bett legen. Hast du das schon vergessen? Er hat deine kleine Intrige durchschaut, den Nomadenprinzen dazu zu benutzen, ihn zu stürzen. Er würde dich nicht zurücknehmen, nicht einmal als Konkubine.«

»Wenn du es ihm aufträgst, tut er es«, erwiderte Meryem. »Du bist stark! Er fürchtet dich! Ich weiß es, Yamina hat es mir erzählt!«

»Nicht ich bin es, den er fürchtet, sondern der Gott, wie es alle Sterblichen tun sollten«, tadelte Feisal sie und fügte demütig hinzu: »Ich bin nur Quars Diener und noch dazu ein unwürdiger.« Nachdem er das gesagt hatte, fuhr er nachdenklich fort. »Qannadi könnte dich zurücknehmen, wenn ich ihn dazu auffordere. Aber überlege mal, Meryem. Du hast den Palast nur verlassen, weil du um dein Leben fürchtetest. Hat sich die Situation vielleicht verändert, außer daß sie für dich sogar noch gefährlicher geworden ist? Schließlich hast du zwei Monate lang bei Qannadis Feind gelebt.«

Meryems Brauen fuhren über den blauen Augen zusammen. Die Hände, die seit ihrem Eintritt nicht aufgehört hatten, den Seidenstoff zu verdrehen, rissen den Schleier vor ihrem Gesicht ab. Trotzig musterte Meryem den Imam. »Dann such mir einen anderen Ort, wo ich hingehen kann. Ich habe das für dich getan ...«

»Du hast es für dich selbst getan«, erklärte Feisal kalt. »Es ist nicht meine Schuld, daß deine Lust auf Khardan zu Asche verbrannt und fortgeweht ist. Dennoch hast du dich als wertvoll erwiesen, und ich werde dich belohnen. Schließlich will ich nicht, daß du Qannadi diese Information verkaufst.«

Meryem vergrub ihr Gesicht in einer bebenden Hand. Es war unheimlich, wie dieser Mann in ihrem Geist zu lesen verstand!

Feisal drehte der Frau den Rücken zu und ging zu dem Altar hinüber, um sich der Hilfe des Widderkopfs zu versichern. Die goldenen Augen glühten rot von der brennenden Holzkohle.

»Wir müssen das Mädchen in der Nähe behalten«, murmelte der Imam. »Sie kann in ihrer Hellsehschale die Anhänger des Akhran und des Promenthas schauen, und ich will den genauen Augenblick wissen, da der Kafir seinen letzten Atemzug tut. Ich muß sie in der Nähe behalten, und doch muß ihre Anwesenheit geheim bleiben. Qannadi glaubt Khardan tot. Achmed glaubt seinen Bruder tot. Die Nomaden glauben ihren Kalifen tot. Ihre Hoffnung schwindet täglich mehr. Sie dürfen die Wahrheit nicht erfahren, sonst gewinnen sie noch die Kraft, uns zu trotzen! Wenn Qannadi erführe, daß Khardan am Leben ist, würde er es Achmed erzählen und die Nachricht würde sich unter den Nomaden herumsprechen. Ich ...«

Die Widderaugen flackerten. Feisal blinzelte, dann lächelte er.

»Danke, Heiliger«, murmelte der Priester.

Wieder zu Meryem gewandt, die ihn mit verengten Augen

musterte, sagte der Imam leise: »Ich weiß einen Ort, wo du bleiben kannst. Ein Ort, wo du nicht nur vollkommen in Sicherheit sein wirst, sondern auch nach wie vor sehr nützlich bleiben kannst.«

## 6

Als die tägliche Offiziersbesprechung beendet war, blieb Achmed zurück, während die anderen lachend und scherzend gingen – jene, die freihatten, der Stadt entgegen, die anderen an ihren befohlenen Posten und zum Appell der Abendwache. Achmed blieb zurück, vorgeblich, um eine Karte zu studieren. Seine Stirn war in Konzentration gefurcht; so eindringlich, wie er die Lage des Lands studierte, hätte er einen Plan schmieden können, wie er am nächsten Tag zur Morgendämmerung dem Ansturm von zehntausend Gegnern die Stirn bieten sollte. Tatsächlich war der einzige Gegner, dem er am Morgen wahrscheinlich begegnen würde, jener ewige Feind des Soldaten – der Floh. Das Anstarren der Karte war nur ein Vorwand. Achmed blieb zurück, nachdem die anderen gegangen waren, weil es leichter war, einsam zu sein, wenn er auch allein war.

Im Frühling hatte der junge Mann sich Qannadis Heer angeschlossen. Jetzt war es Spätsommer. Er hatte Monate mit den Männern seiner Division, der Reiterei, zugebracht. Er hatte sie ausgebildet, von ihnen gelernt, ihnen beigebracht, was er wußte. Er hatte Leben gerettet, war gerettet worden. Er hatte ihren Respekt errungen, aber nicht ihre Freundschaft. Zwei Dinge waren es, die ihn daran hinderten, in die Gruppen aufgenommen zu werden. Erstens: Achmed war ein Außenseiter und würde es stets bleiben – ein Nomade, ein Kafir. Zweitens: Er war Qannadis Freund.

In den Reihen der Soldaten wurde viel über diese Beziehung spekuliert. Man mutmaßte alles mögliche, von einem Liebesinteresse bis zu der wilden Theorie, daß der Junge in Wirklichkeit der Kronprinz von Tara-Kan sei, den man vom Hof des Kaisers entfernt hatte, weil man ein Attentat befürchtete. Gleich wo der junge Mann im Lager dahinschritt, überall konnte er Gespräche wie jenes belauschen, das er erst wenige Tage zuvor mitangehört hatte.

»Pfauen, das sind die Söhne Qannadis. Besonders der älteste. Schwingt seinen Schweif am Hof des Kaisers und pickt die Krumen auf, die ihm zu Füßen fallen«, meinte der eine.

»Was erwartest du denn?« fragte ein anderer und musterte mit kritischem Auge dabei das an einem Spieß schmurgelnde Lamm. »Der Junge wurde schließlich von Weibern und Eunuchen im *Serail* aufgezogen. Der General hat ihn vielleicht ein-, zweimal zwischen Kriegen zu sehen bekommen und sich dann nicht sonderlich für ihn interessiert. Kein Wunder, daß der Jüngling das leichte Leben am Hof vorzieht, anstatt den ganzen Tag in der Hitze herumzumarschieren.«

»Wie ich höre, hat seine Frau, die Zauberin, schon dafür gesorgt, daß der General sich nicht für den Jungen interessierte«, fügte ein dritter hinzu. »Der Sohn zieht dem Leichnam seines Vaters die Stiefel aus und paßt sie seinen eigenen Füßen an, wie das Sprichtwort sagt. Und wenn dieser Tag kommt, was Quar verhindern möge, dann wird es auch der Tag sein, da ich zu der fetten Witwe in Meda zurückkehren werde, die dort den Gasthof führt.«

»Vielleicht wird ja der Kafir eines Tages diese Stiefel tragen«, meinte der erste halblaut und ließ den Blick dabei über das Lager schweifen.

»Dem würden sie wenigstens passen«, brummte der zweite und drehte am Spieß. »Der Kafir ist ein Kämpfer, wie alle diese Nomaden.«

»Da wir schon von Stiefeln sprechen, wenn ich in denen des Kafirs steckte, würde ich sie lieber Tag und Nacht anbehalten. Ein *Qarakurt* ist etwas ziemlich Bösartiges, wenn man es morgens plötzlich zwischen den eigenen Zehen wiederfindet.«

»Und man braucht dann auch nicht zu fragen, wie er dorthin gekommen sein mag. Yamina ist nicht sein tödlichster Feind«, meinte der dritte leise. »Aber der General ist vorsichtig. Er favorisiert den Kafir nicht vor den anderen, behält ihn nicht den ganzen Tag um sich, teilt mit ihm nicht einmal die Mahlzeiten. Einfach nur ein gewöhnlicher junger Held. Bah, laß mich das mal machen! Du verbrennst es ja!«

Der Kafir. So nannten sie ihn. Achmed machte der Name ebensowenig aus wie die Gefahr, die Hasid, ein alter Freund Qannadis, dem jungen Mann sorgfältig erläutert hatte. Zuerst hatte Achmed den Gedanken verhöhnt, daß irgend jemand ihn als Bedrohung sehen könnte. Doch mit der Zeit hatte er sich dabei ertappt, wie er jede Nacht vor dem Schlafengehen seine Pritsche ausklopfte, jeden Morgen die Stiefel ausschüttelte, seine Mahlzeiten aus einem Topf zu sich nahm, den er mit anderen teilte. Und es waren auch nicht Yaminas Augen, die er in der Dunkelheit schaute, wie sie ihn anstarrten.

Die Augen, die er fürchtete, waren die lodernden Augen des Imams.

Und doch akzeptierte Achmed all das – die Gefahr, die Ächtung, das Flüstern und die Seitenblicke. Das hatte sich an jenem schrecklichen Tag bestätigt, da Qannadi in die Mitte seiner Feinde geraten war, während Achmed bereit gewesen war, sein Leben für diesen Mann zu opfern, der sich zu seinem Vater, Freund und Mentor entwickelt hatte. Ja, er würde sein Leben für diesen Mann geben, doch was war mit dem Leben seines Volks?

Ich kann ihren Tod nicht verhindern. Qannadi ebensowenig. Sie müssen sich bekehren oder wenigstens so tun als ob. Das werden sie doch wohl erkennen! Ich werde mit ihnen sprechen.

Mit ihnen sprechen. Mit jemandem sprechen, der ihn verstand. Mit Freunden sprechen, mit Familie. Ein fahles leeres Gefühl machte sich in Achmed breit. Er war einsam – bitter, verzweifelt einsam. Tränen brannten in seinen Augenlidern, und fast hätte er sich zwischen die Teppiche und die Sättel, die man als Kopfstütze benutzte, geworfen, um wie ein Kind zu weinen. Das Wissen, daß es sich jeden Augenblick einer der Offiziere in den Kopf setzen könnte, hereinzukommen, um sich noch einmal die Straße nach Kich anzusehen, ließ das Schluchzen in Achmeds Kehle ersticken. Er tadelte sich streng dafür, daß er sich unmännlicher Schwäche hingab, während er gleichzeitig hastig das Zelt verließ.

Er schlenderte ziellos im Soldatenlager umher. Es war später Abend, er hatte keinen Dienst mehr. Er hätte in sein eigenes Zelt zurückkehren können, doch der Schlaf war ihm fern, und er verspürte kein Bedürfnis, eine weitere Nacht damit zuzubringen, in die Dunkelheit hinauszustarren, die Erinnerung im Zaum zu halten und hinter Flöhen herzukratzen. Er schlenderte immer weiter, und erst als er leise Stimmen vernahm, gedämpftes Stöhnen und dann auch tiefes Gelächter, begriff Achmed, wohin seine Beine ihn geführt hatten.

Der Ort war als der Hain bekannt, doch in der Umgangssprache der Soldaten trug er auch andere Namen – Namen, die dem jungen Mann beim erstenmal die Röte ins Gesicht getrieben hatten. Aber das lag schon Monate und Schlachten zurück. Jetzt konnte er wissend grinsen, wenn der Hain erwähnt wurde. Er selbst hatte sich sogar einmal seiner zweifelhaften Vergnügen bedient. Viel zu schüchtern und verschämt, um ›die Waren zu untersuchen‹, hatte er das erstbeste Angebot angenommen und erst zu spät entdeckt, daß es alt und schlecht gefertigt war und zweifellos schon viele vorhergehende Besitzer gekannt hatte.

Die Erfahrung verursachte ihm Übelkeit und Ekel, und bisher war er niemals wieder dorthin gegangen. Vielleicht war er wirklich nur zufällig hierhergekommen; vielleicht hatte seine Einsamkeit ihn dazu getrieben. Jedenfalls hatte der junge Mann von seinen älteren Kameraden doch inzwischen genug gehört, um zu wissen, wie man dieses Geschäft betrieb. Ekel wetteiferte mit Verlangen und mit dem Bedürfnis zu reden, zu berühren und gehalten zu werden. Eine sanfte Stimme rief ihn an, eine Hand griff aus den Schatten der Bäume nach ihm.

Achmed versuchte abgehärtet und beiläufig dreinzublikken, als er tiefer in den Hain hineinging. Das Geraschel und der Anblick schattenhafter Gestalten schärften sein Verlangen. Er beachtete die ersten nicht, die nach ihm griffen. Das würden die erfahrenen Handwerkerinnen sein, die Frauen, die der Truppe von Lager zu Lager folgten. Tiefer im Inneren des Hains waren jene, die neu in diesem Geschäft waren – junge Witwen aus der Stadt, die kleine Kinder zu ernähren und keine andere Möglichkeit hatten, sich ihr Brot zu verdienen. Ihre Familien würden sie umbringen, wenn sie sie hier entdeckten, aber die Steinigung war ein schneller Tod verglichen mit der Qual zu verhungern.

Achmed schritt in den tiefsten, dunkelsten Teil des Wäldchens hinein, als er sich davon überzeugte, daß ihm jemand folgte. Er hatte es schon lange geargwöhnt. Schritte, die sich bewegten, wenn er es tat, die anhielten, wenn er anhielt. Achmed trat wieder vor, hörte das leise Trippeln auf dem Boden, blieb plötzlich stehen und hörte, wie sich das Trippeln fortsetzte – ein Schritt, zwei, dann Stille.

Furcht und Erregung verdrängten das Verlangen. Er ließ die Hand an den Gürtel fahren, tastete nach dem Griff seines Dolchs und umschlang ihn beruhigend. Es war also soweit. Er hätte geglaubt, daß der Imam jemanden anheuern würde, der geschickter war. Aber nein, es ergab doch einen Sinn. Man würde seinen Leichnam im Hain finden und vermuten, daß er von einer Frau dort hineingelockt worden war, wo ihn ihr männlicher Komplize dann ermordete und ausraubte. Nun, wenigstens würde er ihnen einen Kampf bieten. Qannadi würde sich seiner nicht schämen müssen.

Achmed fuhr auf dem Absatz herum und sprang auf den

Schatten zu, den er hinter sich in der Dunkelheit erblickte. Seine Hände griffen nach dem Hals der Gestalt, sie schlossen sich – doch nicht um männliche Muskeln und Sehnen, sondern um parfümierte Seide und glatte Haut. Ein Keuchen, ein Schrei, da ging Achmed mit seinem Verfolger bereits zu Boden. Der Körper unter ihm erschlaffte. Erschrocken stemmte Achmed sich von der unbeweglichen Gestalt fort und musterte sie eindringlich in der sternenerhellten Dunkelheit.

Es war eine Frau. Achmed streckte die Hand aus, zog ihr den Schleier vom Gesicht.

»Meryem!«

## 7

Die Frau bewegte sich, als sie seine Stimme vernahm. Viel zu überrascht, um irgend etwas anderes zu tun als sie anzustarren, kauerte Achmed weiterhin über ihr. Meryems Augenlider flatterten; selbst in dem matten Licht konnte Achmed die Schatten erkennen, die sie auf die rosigen Wangen warfen, so zart wie Libellenflügel. Mit gesenktem Blick setzte Meryem sich auf.

»Junger Herr«, sagte sie mit leiser, bebender Stimme, »du bist gütig, sanft. Ich ... werde dir Vergnügen bereiten ...«

»Meryem!« wiederholte Achmed, und beim Klang ihres Namens und des Entsetzens und des Zorns in seiner Stimme blickte die Frau ihn zum erstenmal an.

Eine tiefe Röte überzog die bleiche Haut. Sie riß dem jungen Mann den Schleier aus der Hand und bedeckte damit ihr Gesicht. Schnell wollte Meryem fliehen, doch da glitt sie im nassen Gras aus. Achmed fing sie mühelos auf.

»Laß mich gehen!« Sie begann zu weinen. »Laß mich mitsamt meiner Schande ins Meer springen.«

Ihr Weinen wurde heftiger, hysterisch. Sie versuchte erneut, sich Achmeds Griff zu entwinden, und der junge Mann war dazu gezwungen, die Arme um die schlanken Schultern zu legen und sie fest und tröstend an sich zu drükken. Nach und nach beruhigte Meryem sich und hob die blauen Augen, schimmernd von Tränen, um in seine zu blicken.

»Danke für deine Güte.« Sanft stieß sie ihn von sich. »Mir geht es jetzt besser. Ich werde nun gehen und dich nicht mehr belästigen ...«

»Gehen! Und wohin?« fragte Achmed beunruhigt.

»Zurück in die Stadt.« Meryem senkte die Lider, und er wußte, daß sie log.

»Nein.« Achmed ergriff sie erneut. »Jedenfalls nicht sofort. Ruh dich erst hier aus, bis du dich besser fühlst. Dann bringe ich dich zurück. Du solltest hier nicht allein umherstreifen«, fuhr der junge Mann entschieden fort und tat so, als hätte er ihre allzu offensichtliche Lüge nicht vernommen. »Du weißt ja gar nicht, was das hier für ein Ort ist.«

Meryem lächelte – ein trauriges, bedrücktes Lächeln, das Achmeds Herz anrührte. Eine Träne kroch ihre Wange hinab, funkelte im Sternenlicht wie ein kostbares Juwel. Unwillkürlich hob der junge Mann die Hand, um sie einzufangen.

»Danke, daß du versuchst, mich zu retten«, erwiderte Meryem leise und senkte den Kopf, bis sie seine Brust fast, aber nicht ganz berührte. »Aber ich weiß sehr wohl, was das hier für ein Ort ist. Und du weißt, weshalb ich hier bin ...«

»Das glaube ich nicht!« erwiderte Achmed entschieden. »Du bist doch nicht wie ... wie die da!« Er machte eine Geste.

»Noch nicht!« Meryem vergrub ihr Gesicht in den Händen. »Aber ohne dich wäre ich es bald geworden!« Plötzlich sah sie auf und ergriff seinen Umhang. »Achmed, siehst du das denn nicht? Akhran hat dich geschickt! Du hast mich vor der Sünde bewahrt! Dies war meine erste Nacht hier. Du ... wärst mein erster ... mein erster ...«

Ihre Haut brannte; sie konnte das Wort nicht aussprechen. Achmed legte eine Hand auf ihre Lippen. Sie ergriff seine Finger, sie küßte sie inbrünstig und ging vor ihm in die Knie. »Akhran sei gepriesen!«

Die Schönheit der Frau betörte ihn. Der Duft ihres Haars, das Parfüm, das sich an ihren Körper schmiegte, war berauschend. Ihre Tränen, ihre Unschuld, ihre Lieblichkeit und das Wissen darum, wo sie waren und was um sie herum geschah, brachte Achmeds Blut zum Kochen. Er taumelte wie ein Betrunkener, und es war die Schwäche in seinen Gliedern, die ihn neben ihr zu Boden sinken ließ.

»Meryem, was ist geschehen? Weshalb bist du hier? Als ich das letztemal von dir hörte, lebtest du bei Badia, Khardans Mutter ...«

»Ach! Erwähne ihren Namen nicht!« Meryem preßte die Hand an die Brust, packte den Seidenumhang und zerriß ihn in ihrer Verzweiflung. »Ich bin nicht würdig, ihn ausgesprochen zu hören!« Wimmernd ließ sie die Hände sinken, da teilte sich der zerfetzte Stoff ihres Kleids, um weiße Haut freizulegen.

Zitternd atmete Achmed ein. Er ergriff ihr Kinn, drehte ihr Gesicht herum und konzentrierte sich darauf, in die aufgerissenen, von Tränen schimmernden blauen Augen zu blicken. »Sag mir, was ist geschehen? Ist Badia, ist meine Familie ...« Furcht durchzog ihn eiskalt. »Es ist irgend etwas Grauenhaftes geschehen, nicht wahr?«

»So schlimm ist es nicht!« erwiderte Meryem hastig und packte das Handgelenk des jungen Mannes. »Badia und deine ganze Familie in Kich sind aus ihren Häusern vertrieben und in den Zindan verbracht worden. Aber das weißt du doch bestimmt schon? Es geschah doch auf Qannadis Befehl.«

»Nicht Qannadis«, erwiderte Achmed grimmig. »Auf den Befehl des Imams. Und geht es ihnen gut? Werden sie mißhandelt?«

»Nein«, erwiderte Meryem, aber ihr Blick senkte sich vor Achmeds. Der Griff um ihr Handgelenk wurde stärker.

»Sag mir die Wahrheit.«

»Es ist so schmachvoll!« Meryem begann zu weinen. Als ihre Tränen auf Achmeds Fleisch fielen, brannten sie wie Kohlen. »Ich war in einer Zelle mit Badia und ihren Töchtern. Eines nachts kamen die Wachen. Sie sagten ... sie wollten eine von uns haben ... freiwillig ... sonst würden sie alle mit Gewalt nehmen ...« Die junge Frau konnte nicht weitersprechen.

Achmed schloß die Augen; Schmerz, Zorn, Verlangen durchwallten ihn. Er konnte sich den Rest schon vorstellen, und so legte er die Arme um Meryem und drückte sie an sich. Sie widerstand ihm zunächst, ließ sich aber schließlich doch von seinen kräftigen Armen trösten. »Du hast dich für die anderen geopfert«, sagte er sanft.

»Als die Wachen meiner überdrüssig waren«, fuhr sie fort, »haben sie mich an einen Sklavenhändler verkauft. Der hat mich hierhergebracht. Ich ... bin geflohen, doch dann konnte ich nirgendwo mehr hingehen. Ich hatte kein Geld. Akhran verzeih mir, ich glaubte, ich könne nicht mehr tiefer sinken, aber dann hat er – gepriesen sei sein Name! – dich zu mir geführt.«

Achmed bewegte sich unbehaglich, er mochte es nicht, den Namen des Gotts zu vernehmen, noch weniger sagte ihm der Gedanke zu, daß Akhran ihn benutzte, um dieses arme Mädchen zu erretten.

»Zufall«, sagte er barsch.

Doch Meryem schüttelte entschieden den Kopf. Der Schleier über ihrem goldenen Haar war verrutscht; die bleichen Strähnen schimmerten silbrig im Sternenlicht. Achmed ergriff einen der Zöpfe, der feucht von den Tränen des Mädchens war. Er duftete nach Rosen. Die nächsten Worte blieben ihm fast in der Kehle stecken, doch sie mußten gesagt werden.

»Khardan wird stolz auf dich sein ...«

Meryem sah ihn verwundert an. »Weißt du denn nicht ...« Verwirrt hielt sie inne. »Hat man es dir nicht erzählt? Khardan ist ... ist tot. Majiid hat es Badia ausrichten lassen. Sie haben seinen Leichnam gefunden. Die Geschichten über ihn, daß er vom Schlachtfeld geflohen sei, waren falsch – Lügen, die der Imam verbreitet hat. Khardan hat ein Heldenbegräbnis bekommen.«

Nun war es Achmed, der den Kopf senkte, und Meryem streckte die Hand aus, um seine Tränen fortzuwischen.

»Es tut mir leid. Ich dachte, du wüßtest es.«

»Nein, ich weine nicht aus Trauer!« sagte Achmed leise. »Es ist aus Dankbarkeit, daß er ehrenvoll gestorben ist!«

»Wir haben ihn beide geliebt«, sagte Meryem. »Das wird uns stets verbinden.«

Ganz zufällig berührten ihre Wangen einander. Die liebliche Nachtbrise kühlte die Haut, die naß von Tränen und gerötet von Leidenschaft war. Ihre Lippen fanden einander.

Meryem stieß Achmed fort und versuchte aufzustehen, verhedderte sich aber in ihrer Kleidung. Achmed zog sie an sich. Sie hielt den Kopf abgewandt und versuchte seinem Griff zu entfliehen.

»Laß mich! Ich bin beschmutzt! Laß mich gehen! Ich schwöre, ich werde nicht tun, was du befürchtest. Du hast mich errettet. Ich werde zu Akhran beten. Er wird mich leiten.«

»Er hat dich bereits geleitet. Er hat dich zu mir geleitet«, erwiderte Achmed entschieden. »Ich werde dich in mein Zelt bringen. Dort wirst du sicher sein, und ich werde zu Qannadi gehen ...«

»Qannadi!« Das Wort wurde schrill und hart hervorgepreßt, und Achmed zuckte zusammen.

»Hast du es denn vergessen?« flüsterte Meryem hastig. »Ich bin die Tochter des Sultans! Dein Emir hat meinen Vater ermordet, meine Mutter! Er wollte mich töten lassen! Er darf mich nicht finden!« In Panik sprang sie auf die Beine und begann, durch die Dunkelheit zu stolpern, wobei sie sich in ihrem langen Kleid verfing.

Achmed lief ihr nach, packte ihr Handgelenk und riß sie an sich. Ihr Körper zitterte in seinen Armen. Sie weinte und bebte vor Furcht. Er drückte sie, streichelte das goldene Haar.

»Na, das habe ich nicht so gemeint. Ich hatte es einen Augenblick lang vergessen. Ich werde es ihm nicht sagen, obwohl ich sicher bin, daß er, wenn ich es täte, dir kein Leid antun würde ...«

»Nein! Nein!« keuchte das Mädchen heftig. »Du mußt es mir versprechen! Schwöre bei Akhran, bei Quar, bei welchem Gott auch immer ...«

Achmed schwieg einen Augenblick. Er konnte Meryems warme, weiche Haut spüren. Seine Arme schlangen sich noch enger um sie.

»Ich schwöre bei keinem Gott«, sagte er mit belegter Stimme. »Ich glaube an keinen Gott. Nicht mehr. Aber ich schwöre es bei meiner eigenen Ehre. Ich werde dich schützen. Ich werde dich mit meinem Leben bewachen.«

Meryems Augen schlossen sich. Ihr Kopf sank gegen seine Brust, ihre Hände stahlen sich um seinen Hals, dann seufzte sie ein Seufzen, das Erleichterung hätte sein können, aber von Aufgabe zu flüstern schien.

Achmed unterbrach das Seufzen mit seinen Lippen, und diesmal stieß Meryem den jungen Mann nicht mehr von sich.

## 8

Promenthas rief die Einundzwanzig zusammen.

Seine Absicht: eine Besprechung des Kriegs auf der Ebene der Unsterblichen.

Als die Einundzwanzig dieses Mal zusammenkamen, blickte keiner der Götter und Göttinnen zufrieden die anderen aus seiner oder ihrer Facette des Juwels an, der die Welt darstellte. Nur noch sehr wenige der stärksten Götter waren dazu in der Lage, ihre Wohnorte beizubehalten. Die anderen fanden sich kleinlaut in Quars Lustgarten wieder, wo sie von der zahmen Gazelle neugierig und herablassend gemustert wurden.

Promenthas war immer noch stark Er stand in seiner Kathedrale und nicht im Garten, doch die Geräusche des Schiffsbaus hallten durch die Höhlenkammern und störten seine Ruhe. Götter der Länder und Völker von Aranthia, weit jenseits der Hurn See aus Tara-Kan, waren Promenthas' Anhänger, und – vorläufig – vor dem *Dschihad* sicher, der in Sardish Jardan tobte. Das Schlagen von Nägeln in Holz würde ihrem Frieden schon bald ein Ende setzen. Der Kaiser von Tara-Kan besaß genug Reichtum und Material aus dem südlichen Bereich von Bas, um seine Pläne des Baus einer Schiffsflotte voranzutreiben. Noch in diesem Jahr würde seine Flotte bereit sein, die Hurn See zu überqueren. Horden fanatischer Anhänger des Quar würden die ummauerten Städte und Burgen von Aranthia stürmen.

Aranthia, ein dünnbesiedeltes Land, das in kleine Staaten aufgeteilt war, wurde von Königen und Königinnen regiert, die den Frieden bewahrten, indem sie ihre Söhne und Töchter miteinander verheirateten. Das Land war stark bewaldet, schwer zu überqueren, wenn man von den Flüssen und Strömen absah, die seine Adern darstellten, und es würde den Truppen des Kaisers lange Zeit Widerstand bieten können. Doch Promenthas wußte, am Ende würde sein Volk zwangsläufig unterliegen. Allein die Hauptstadt von Khandar umfaßte schon mehr Menschen als die gesamte Bevölkerung Aranthias.

Von einem Stuhl in der Nähe des Altars sah Promenthas grimmig mit an, wie Quar gelassen die Kathedrale betrat. Der Gott war so groß geworden, daß er den Kopf einziehen und seinen Körper seitwärts wenden mußte, um sich durch das Tor zu zwingen. Seine prachtvollen Roben waren von seltensten und kostbarsten Tuchen. Alle Edelsteine der Welt zierten seinen Leib, und so strahlte Quar in größerem Glanz als das gefärbte Glas der Kathedralenfenster, die in letzter Zeit durch Vernachlässigung schmutzig und staubig geworden waren. Dicht hinter Quar kam fröhlich plaudernd Kharmani, der Gott des Reichtums.

Auch wenn diese andere Facette des Juwels heller strahlen mochte, so leuchtete Kharmanis Facette doch von eigenem Licht – einem goldenen. Kein Gott – weder der böseste noch der gütigste – wagte den Versuch, dieses Licht zu dämpfen. Jeder andere unter den Einundzwanzig mochte Quar zu Füßen kriechen. Kharmani würde zu seiner rechten Hand sitzen – solange diese Hand weiterhin Goldmünzen in Kharmanis Richtung schnippte.

Hinter Quar erblickte Promenthas eine schattenhafte Figur, die sich hinter den fließenden Gewändern des Gotts in die Kathedrale stahl. Promenthas furchte die Stirn und seufzte angesichts des Schicksals des Opferstocks, denn er wußte zweifelsfrei, daß darin kein Pfennig mehr zu finden sein würde, nachdem dieser Gott erst wieder gegangen war – Benario, Gott der Diebe. Kharmani mochte vielleicht zu Quars rechter Hand sitzen, doch Benario würde sich zu seiner linken aufhalten, sofern der Gott Quar nicht vorher schon die Finger wegstahl.

Promenthas spürte ein Rumpeln unter seinen Füßen, und da wußte er, daß Astafas, der Gott der Finsternis, Quar in eine unterirdische Welt ständiger Dunkelheit eintreten sah. Das Gleißen mußte Astafas' Augen weh tun, dachte Promenthas mit einer gewissen Sympathie für seinen Erzfeind.

Wenigstens war Astafas nicht auf die Ebene dieser Wichte gesunken. Hinter Quar kamen verschiedene andere der Einundzwanzig. Uevin, eingefallen und vertrocknet, der unterwürfig den Saum von Quars Gewändern trug. Mimrim, mit gesenktem Kopf, in den Händen ein Sitzkissen für den Fall, daß der Gott entscheiden könnte, müde zu sein und nach Ruhe zu verlangen. Hammah, der gehörnte, behelmte Gott der Großen Steppe, marschierte ebenfalls in Quars Hofstaat. Mit seinem Speer in der Hand versuchte der Kriegergott würdevoll zu wirken; doch sorgte er dafür, daß sein Blick nicht auf Promenthas' traf, und da erkannte der weißbärtige Gott mit einer Schwermut seines unsterblichen Seins, daß die Gerüchte, die er vernommen hatte, den Tatsachen entsprachen: Hammahs Volk hatte sich mit dem Kaiser verbündet und würde an Quars Seite in die Schlacht marschieren.

Auch andere Götter und Göttinnen schaute Promenthas, doch nun interessierte er sich mehr für jene, die durch Abwesenheit auffielen. Das zornige Grollen, das das Fundament der Kathedrale erschütterte, wies darauf hin, daß Astafas sich eher in die Grube des Sul stürzen würde, bevor er Quar diente. Evren und Zhakrin fehlten, wenngleich Promenthas Gerüchte über ihre Rückkehr vernommen hatte. Und natürlich war auch Akhran der Wanderer nirgends zu sehen.

Quars Augen suchten nach Promenthas. Langsam, mit großer Würde, stand der weißbärtige Gott auf und stellte sich unmittelbar vor seinen Altar. Es gab keine Engel, die ihn flankierten. Der Krieg auf der Ebene der Unsterblichen hatte alle seine Untergebenen in Beschlag genommen. Nur ein einziger Engel war verblieben, und der versteckte sich im Chorgestühl.

»Warum hast du diese Versammlung der Einundzwanzig einberufen – vielleicht sollten wir sie doch besser die der Einundsiebzehn nennen«, sagte Quar mit seiner zarten Stimme. Kharmani lachte klingend über den Witz des Gotts.

»Ich habe diese Versammlung der Einundzwanzig einberufen«, erklärte Promenthas mit tiefer und strenger Stimme, »um über den Krieg zu sprechen, der auf der Ebene der Unsterblichen tobt.«

»Krieg.« Quar wirkte amüsiert. »Nenn es Streit, Zankerei zwischen verwöhnten Kindern!«

»Ich nenne es Krieg«, versetzte Promenthas zornig. »Und du bist seine Ursache!«

Quar hob eine feingezeichnete Augenbraue. »Ich? Die Ursache? Mein lieber Promenthas, ich war es doch, der versucht hat, Ordnung und Disziplin in die uns anbefohlene Welt zu bringen, indem ich die Unsterblichen an einem Ort festhielt, wo sie sich nicht länger in die Angelegenheiten der Menschen einmischen konnten. Durch die Einmischung des wilden und unbeherrschbaren Dschinns von Akhran ist diese Katastrophe sowohl im Himmel also auch auf Erden überhaupt erst entstanden. Es wird Zeit, daß wir selbst die umittelbare Kontrolle darüber an uns nehmen ...«

»Es wird Zeit, daß du die unmittelbare Kontrolle übernimmst, ist es nicht das, was du eigentlich meinst?«

»Versuchst du mich zu erzürnen, Graubart?« Quar lächelte freundlich. »Falls dem so sein sollte, so wirst du damit keinen Erfolg haben. Ich habe alle meine Brüder aus Höflichkeit miteingeschlossen, aber wenn du zu schwach sein solltest, dich der Angelegenheit anzunehmen, so bin ich es nicht. Irgend jemand muß schließlich die Last der Leiden der Menschheit tragen ...«

»Wenn du wirklich meinst, was du da sagst«, unterbrach eine andere Stimme, die außerhalb der Kathedrale, ja jenseits der Mauern von Quars Lustgarten ertönte, »dann verbanne den Ifrit, den man als Kaug kennt und in dem du soviel von deiner Macht gebündelt hast. Dann stich dein angeschwollenes Ich an, Quar, und laß die stinkende Luft deines Ehrgeizes entweichen. Werde wieder einer von uns – zu einer Facette im Juwel –, auf daß seine Schönheit auf alle Zeit bestehen möge.«

Akhran der Wanderer betrat die Kathedrale des Promenthas, um in Quars Lustgarten zu schlendern. Akhrans Stiefel waren staubbedeckt; seine fließenden Gewänder waren zerfetzt und voller Blut. Der Wandernde Gott wirkte, verglichen mit Quar, klein und schäbig. Kharmani warf Akhran einen Blick herrischen Ekels zu, während Benario gähnte und sich nicht die Mühe machte, seinen Platz im Schatten zu verlassen.

Quar hob eine mit Nelken gespickte Orange an die Nase, um den Geruch von Pferd und Leder und Schweiß zu übertönen, der nun mit dem Wanderer eintrat; die Augen behielt er auf Promenthas gerichtet.

»Das ist der Dank, den ich für meinen Versuch ernte, Ordnung ins Chaos zu bringen.« Quars Ton klang traurig; er benahm sich wie jemand, dem man ins Herz gestochen hatte. »Aber was soll ich auch von zweien erwarten, die wesentlich dazu beigetragen haben, den üblen Gott des finstersten Bösen, Zhakrin, wieder an die Macht zu bringen? Doch das werdet ihr noch bereuen. Ihr glaubt, daß diese Menschen, die euren Befehlen Folge leisten, Zhakrins Klauen entronnen sind, aber sein Schatten ist lang, und einmal mehr nähert sich ihnen die Finsternis. Ihm vertraut ihr – einem Gott, der das Blut Unschuldiger säuft ...«

Aus dem Chorstuhl der Kathedrale ertönte ein unterdrücktes Geräusch wie ein verzweifelter Schrei. Promenthas machte eine schnelle Geste mit der Hand, doch Quar hob den Blick zu den staubbedeckten Holzgeländern, und sein Lächeln vertiefte sich.

»Sul hat den Juwel so erschaffen, daß alle Facetten in gleichem Licht erstrahlen mögen – die guten wie die bösen ...« begann Akhran zornig, wobei er sich den *Haik* vom Gesicht zog und Quar finster anblickte.

»Ah, jetzt weißt du also auch schon, was Sul bewegt, Wanderer?« unterbrach Quar ihn kühl, ließ seinen Blick zu Akhran hinüberflackern, um ihn sofort wieder abzuwenden, als könnte der Anblick seine Augen beflecken. »Nach gründlicher Überlegung bin ich zu der Auffassung gelangt, daß Sul nur Einen Gott im Sinn hatte, nicht Einundzwanzig. So wird sein Licht rein und hell erstrahlen und sich unmittelbar über die Menschen ergießen, anstatt zersplittert zu werden.«

»Wenn du das tust, wird der Juwel zerbrechen!« warnte Akhran.

»Dann werde ich eben die Stücke aufsammeln.« Mit einer

anmutigen Verneigung verschwanden Quar, sein Garten und sein gesamtes Gefolge.

»Paß nur auf, daß du dich nicht an diesen Stücken schneidest«, rief Akhran ihm nach. Er erhielt keine Antwort. Akhran und Promenthas blieben allein in der Kathedrale zurück.

»Blick nicht so finster drein«, sagte der Wandernde Gott und schlug Promenthas auf den Rücken. »Quar hat einen großen Fehler begangen – er hat dem Ifrit zuviel von seiner Macht verliehen. Um den Krieg auf der Ebene der Unsterblichen zu gewinnen, brauchen wir nur Kaug zu schlagen.« Akhrans dröhnende Stimme brachte die Glasscheiben zum Beben. »Wenn das geschehen ist, wird Quar abstürzen.«

»Wenn das geschehen ist, werden die Sterne abstürzen.« Promenthas seufzte, obwohl sich seine strenge Miene bei dieser Aussicht auf Hoffnung ein wenig milderte.

»Pah!« Akhran wollte ausspucken, dann erinnerte er sich, wo er war, und wischte sich mit der Hand über den Mund. Das Geräusch eines ungeduldig wiehernden Pferds durchzog die kühle Dunkelheit. Der Wandernde Gott zog sich den *Haik* um das Gesicht, machte kehrt und ging das Mittelschiff entlang zum Eingangstor der Kathedrale. Promenthas bemerkte zum erstenmal, daß der Gott hinkte.

»Du bist ja verletzt!«

»Es ist nichts!« Akhran zuckte mit den Schultern.

»Was Quar da über Zhakrin gesagt hat, deine Anhänger und meine – der junge Zauberer, der sie begleitet: Sind sie in Gefahr?«

Akhran drehte sich um, musterte Promenthas mit zu Schlitzen verengten dunklen Augen. »Mein Volk glaubt an mich. Ich glaube an sie.«

»So wie Zhakrins Anhänger an ihn glauben. Er strebt nach dem, wonach Quar strebt, und das hat er schon immer getan. Er kennt keine Gnade, kein Mitgefühl. Vielleicht war es ein Fehler, ihm bei seiner Rückkehr zu helfen. Zugegeben, mit ihm ist auch Evren gekommen, aber sie ist geschwächt, ihre Anhänger sind weit entfernt, während Zhakrin nahe ist. Sehr nahe.« Promenthas schüttelte seufzend den Kopf. »Wir sind zu wenige, und wir sind uns uneins. Ich fürchte, es ist hoffnungslos, mein Freund.«

Weit riß Akhran das Kathedralentor auf und tat einen tiefen Zug der frischen Luft. Als er sein Pferd bestieg, beugte er sich hinab, um Promenthas auf die Schulter zu klopfen. »Nur die Toten sind ohne Hoffnung!«

Dann richtete er sich wieder auf, gab seinem Pferd die Fersen, und das Tier galoppierte zwischen den Sternen davon.

»Und ohne Schmerz«, murmelte Promenthas. Als er wieder zu dem Mittelschiff hinüberblickte, das Akhran entlanggegangen war, erblickte er eine Blutspur.

ELMORE

# Das Buch Zhakrin

# 1

Mathew saß auf einem Haufen aus schimmerndem Obsidian. Der über den grellweißen Salzwüstenboden verteilte schwarze Stein wirkte wie die Verkörperung der dunklen Elemente, die sich dicht unterhalb der Kruste der Welt rührten. Als er in die klaffenden Spalten der Erde blickte, meinte Mathew sehen zu können, wie das schwarze Gestein den gequälten Tiefen entfloh und aus dem toten Land hervorsikkerte, wie eine eiternde Flüssigkeit, die aus einer schwärenden Wunde hervorströmte.

Der junge Hexer schloß die Augen, um die schreckliche Vision zu vertreiben. Obwohl es früher Morgen war, war die Hitze bereits heftig. Der Sonnenamboß. Es paßte zu den Bewohnern dieses gottverlassenen Lands, ihn so zu benennen. Halb benommen von der Hitze und der Erschöpfung, stellte Mathew sich vor, wie ein sehniger Arm aus reinem Feuer einen Hammer schwang und ihn auf den Boden schlug, der unter ihm zwar zerbarst und riß, aber nicht nachgab.

»Mat-hew!« Eine Hand schüttelte ihn.

Mathew hob die matten, verträumten Augen. Eine Gestalt schimmerte vor ihm – Zohra, in das fremdartige, glasperlenbesetzte Opferkleid gehüllt. Jede Glasperle brach das Licht der Sonne, schon durch die leiseste Bewegung begannen sie zu schimmern und zu glitzern. Von dem Strahlen geblendet, blinzelte Mathew sie an.

»Ich bin durstig«, sagte er. Als er mit der Zunge über die Lippen fuhr, konnte er das Salz darauf schmecken.

»Die Dschinnen haben Wasser gebracht«, sagte Zohra und half ihm auf die Beine. »Komm, wir müssen reden.«

Eine Nacht, einen Tag und eine weitere Nacht lang waren sie über die Kurdinische See gesegelt. Diesmal hatten sie so lange für die Überquerung gebraucht, obwohl sie es beim erstenmal doch binnen Stunden geschafft hatten. Die

Winde, die aus dem ewigen Sturm um Burg Zhakrin hervortraten, hatten sich einen Spaß daraus gemacht, mit ihnen zu spielen, waren über Meilen hinweg heftig in die falsche Richtung geweht, um sich ganz plötzlich zu legen und sie in einer Flaute dahintreiben zu lassen, bis sie sie schließlich im unerwartetsten Augenblick voll von vorn anbliesen. Ohne ihre Dschinnen hätten die Menschen an Bord schon bald die Orientierung verloren, denn die über ihnen wirbelnden Wolken verbargen Sonne und Sterne und machten jede Navigation unmöglich.

Die Passagiere, die sich von Übelkeit erfüllt am Bootsrand festhielten, hatten sich schon mit dem Tod abgefunden. Meelusk, der Bootsbesitzer, hatte solange vor Entsetzen gebrüllt, bis ihm schließlich die Stimme versagte. Doch irgendwann hatten zwei der Dschinnen, Sond und Pukah, ihre erschöpften Passagiere an Land getragen. Der dritte Dschinn, Usti, dessen rundlicher Leib zum Dienst als Segeltuch gepreßt worden war, war in einer ebenso kranken und verlassenen Verfassung wie seine sterblichen Herren. Voller Entsetzen angesichts der Stürme und in panischer Angst, daß sie von Ghulen verfolgt wurden, hatte Usti während der ganzen Fahrt die Augen fest zugepreßt. Am Ende hatte sich der Dschinn geweigert, den Mast fahrenzulassen oder die Augen zu öffnen. Sond hatte ihn gestoßen, hatte jedes köstliche Gericht erwähnt, das ihm eingefallen war, doch ohne Erfolg. Stöhnend hatte Usti sich geweigert, sich vom Fleck zu rühren. Schließlich hatte Pukah die Finger und Füße des dicken Dschinns von Mast und Spier pflücken müssen. Derart befreit, war Usti wie eine Schweineblase, aus der man die Luft gelassen hatte, zusammengesackt und war keuchend und stöhnend im seichten Wasser zum Liegen gekommen.

Der Sonnenamboß. Es war Pukah, der ihnen mitgeteilt hatte, wo sie waren. In der Nacht waren die Flammen der Wüste gelöscht, die Feuer erloschen, war der Amboß ein kalter Stahl. In seinen feuchten Gewändern hatte Mathew von der Kälte gezittert, die ihm in die Knochen drang. Khardan,

Pukah und Sond hatten sich beratschlagt, ob sie ein Feuer machen sollten, und Mathew hatte mit schmerzlicher Enttäuschung mitangehört, wie die drei zu dem Schluß gelangt waren, daß dies unklug wäre. Es ging um die Aufmerksamkeit irgendeines bösen Ifrits, der anscheinend in diesem vermaledeiten Meer lebte und den sie nicht wecken wollten.

Bei Sonnenaufgang hatte Mathew die Wärme zu genießen begonnen und es zu einem unruhigen Schlaf gebracht. Beim Erwachen traf ihn die Hitze wie ein Schlag. Mühsam war er aufgestanden, um sich in dem mageren Schatten zusammenzukauern, den der Gesteinsvorsprung aus Obsidian warf.

Aus Zohras Andeutung zu schließen, war man inzwischen offensichtlich zu einer Entscheidung gekommen. Mathew streifte die Kapuze in der Hoffnung ab, etwas von der matten Brise einzufangen, die gelegentlich von der Oberfläche der Kurdinischen See herüberwehte. Das Wasser war jetzt flach und still. Das lange rote Haar des Jünglings war völlig durchnäßt von Schweiß. Als Zohra ihn sah, ergriff sie die Kapuze und zog sie über Mathews Kopf.

»Die Sonne wird deine helle Haut verbrennen wie Fleisch am Spieß. Ihre Hitze wird deinen Verstand gerinnen lassen.«

Also zog Mathew die Kapuze noch tiefer in die Stirn. Bestimmt werden wir diesen furchtbaren Ort bald verlassen, dachte er träge. Die Dschinnen werden uns auf ihren kräftigen Armen davontragen, vielleicht werden wir auch auf einer Wolke fliegen.

Der Anblick von Khardans Gesicht riß Mathew mit einem Ruck in die Wirklichkeit zurück. Es war finster vor Zorn; die dunklen Augen brannten heißer als der Sand unter ihren Füßen. Die Dschinnen standen mißmutig vor ihm, verschämt, aber grimmig und entschieden.

»Was weißt du darüber?« brauste Khardan auf und fuhr zu Mathew herum.

»Was weiß ich worüber?« fragte Mathew benommen.

»Über diesen Krieg im Himmel! Die Nachricht wurde ihnen, wie mir Pukah sagt, von deinem Dschinn überreicht!«

»Meinem Dschinn?« Mathew starrte ihn verwundert an. »Ich habe doch gar keinen Dschinn!«

»Kein Dschinn, ein Engel«, berichtigte sich Pukah, während er den Blick vor dem Zorn seines – ehemaligen – Herren gesenkt hielt. »Ein Schutzengel im Dienste des Promenthas.«

»Es gibt keine solchen Wesen wie Engel«, sagte Mathew und wischte sich den Schweiß von der Stirn. Jeder Atemzug tat weh; es war, als würde er reines Feuer einsaugen. »Jedenfalls«, fügte er kopfschüttelnd hinzu, während er verträumt darüber nachdachte, wie unwirklich all das hier doch war, »keine Wesen, die etwas mit mir zu tun haben wollten. Ich bin kein Priester ...«

»Keine solchen Wesen!« rief Pukah, während er den Kopf hob und den verblüfften Mathew zornig ansah. »Dein Engel ist das treueste Wesen im ganzen Himmel! Für jede Träne, die du vergossen hast, hat sie zwei vergossen! Jeden Schmerz, den du erleidest, nimmt sie auf sich. Sie liebt dich inniglich, und du – unwürdiger Köter – wagst es, das beste, das schönste Wesen zu schmähen ... Nein, Asrial, ich werde es sagen! Er muß lernen ...«

»Pukah! Pukah!« rief Khardan wiederholt, bis es ihm schließlich gelang, der Tirade ein Ende zu setzen.

»Seit wann, o Dschinn, pflegst du auf solch respektlose Art mit Sterblichen zu reden?« wollte Zohra wissen.

»Ich erledige das schon, Frau«, fauchte Khardan.

»Vermutlich besser, als du alles andere bisher erledigt hast, Mann?« erwiderte Zohra mit einem höhnischen Lächeln und warf dabei ihre schwarze Mähne über die Schulter.

»Es war nicht mein Werk, das uns hierhergebracht hat, wenn du dich erinnern möchtest, Frau!« Khardan atmete wütend durch. »Wenn du mich auf dem Schlachtfeld gelassen hättest ...«

»... dann wärst du jetzt tot«, versetzte Zohra kühl. »Glaube mir, Mann, niemand bedauert mein Bemühen, dir das Leben zu retten, mehr als ich!«

»Hört auf!« rief Mathew. »Haben wir nicht schon genug durchgemacht? In dieser dunklen Burg war jeder von euch bereit, sein Leben für den anderen aufzuopfern. Und jetzt habt ihr ...«

Mathew verstummte. Khardan starrte mit strenger und harter Miene aufs Meer hinaus. Seine Kiefermuskeln zuckten, die Sehnen am Hals waren fest und angespannt.

Meine Worte haben wenig mehr getan, als ihn wieder an diesen furchtbaren Ort zurückzuversetzen, erkannte Mathew traurig. Jetzt macht er alles Leid noch einmal durch!

Schnell warf Mathew Zohra einen Blick zu. Ihr Gesicht war weich geworden; sie erinnerte sich ihrer eigenen Qual. Wenn sie die Pein in den Augen ihres Manns sehen könnte ... Doch das konnte sie nicht. Von der Stelle, wo sie stand, bekam sie nur den breiten Rücken zu sehen, den hochgehaltenen Kopf, den steifen und unnachgiebigen Nakken. Ihre Lippen preßten sich zusammen. Zohra verschränkte abweisend die Arme vor der Brust; scheppernd schlugen die Glasperlen ihres Kleids gegeneinander.

Mathew streckte die Hand nach dem Kalifen aus, doch in diesem Augenblick drehte Khardan sich um, und Mathew riß seine Hand hastig zurück, um sie in den weiten, fließenden Ärmeln seiner Hexerkutte zu verstecken. Der Kalif warf einen Blick auf die ausdruckslose Miene seiner Frau, da verhärmten sich seine eigenen Züge wieder.

»Demütig bitte ich um deine Vergebung, *Sidi,* und um jene des Verrückten, ich meine Mat-hews«, sagte Pukah unterwürfig, der sich aus den Streitigkeiten lieber heraushalten wollte. »Man hat mich daran erinnert, daß der Verrückte – Mat-hew – gar nichts über seinen Engel wissen konnte, weil ein solcher Kontakt zwischen Sterblichen und Unsterblichen von seinem Gott, Promenthas, verboten wird, der, wenn ich das einmal so sagen darf, ein reichlich sauertöpfischer Gott ist und einer, der nicht allzuviel Spaß hat. Trotzdem finde ich, daß der Verrückte wenigstens dafür dankbar sein sollte, daß er noch am Leben ist ...«

»Dankbar! Natürlich ist er dankbar!« erwiderte Khardan ungeduldig. »Und du willst mir erzählen, daß er nichts davon gewußt hatte, über diesen ... diesen ...«

»Engel«, steuerte Pukah hilfsbereit bei.

»Ja.« Khardan vermied es, das fremdartig klingende Wort auszusprechen. »Also weiß er auch nichts über diesen Krieg?«

»Nein, *Sidi*.« Pukah wirkte zwar etwas eingeschüchterter, doch schien er, nachdem er mit Sond Blicke getauscht hatte, entschlossen zu sein, trotz des wachsenden Mißmuts des Kalifen fortzufahren. »Asrial – das ist der Name des Engels, Gebieter – hat an einer Zusammenkunft der Einundzwanzig teilgenommen. Dort erfuhr sie von dem Krieg, der auf der Ebene der Unsterblichen tobt. Akhran selbst war dort anwesend, Gebieter, und er sagte, daß Quar viel von seiner Kraft in den Ifrit Kaug gesteckt habe, der nun danach trachtet, die Unsterblichen in unser altes Gefängnis zurückzuverbannen, ins Reich der Toten.«

»Ein Ifrit!« Khardan schnaubte. »Akhran wird doch wohl noch mit einem einzigen Ifrit fertigwerden!«

»Es ist den Göttern von Sul untersagt, auf der Ebene ihrer Diener tätig zu werden, *Sidi*. Nicht daß ich glaube, daß dies *Hazrat* Akhran aufhalten würde, wenn ihm danach wäre. Aber Asrial teilt uns mit, daß Akhran ...« Der Dschinn zögerte, musterte die anderen Dschinnen, seufzte und überbrachte die schlechte Nachricht, » ... daß Akhran viele Wunden am Leib hat, und wenn er sich auch alle Mühe gibt, sie zu verbergen, so fürchtet Promenthas doch, daß unser Gott nicht mehr sehr lange wird durchhalten können.«

»Akhran ... im Sterben!« Khardan sagte es voller Unglauben. »Ist unser Gott wahrhaftig so geschwächt?«

»Sagen wir lieber, daß der Glaube seines Volks geschwächt ist«, warf Sond ruhig ein.

Khardan lief rot an. Seine Hand fuhr an seine Brust. Mathew erinnerte sich noch lebhaft an die Wunden, die der Kalif sich zugezogen hatte, Wunden, die nun ohne eine Narbe verheilt waren bis auf jene, die die Seele des Manns auf alle Zeiten zeichnen würden. Wunden, die von der Hand des Gotts geheilt worden waren.

Oder Wunden, die der Gott an seiner Statt erlitten hatte?

»Unser Volk.« Der lodernde Stolz und der Zorn wichen aus Zohras Blick und hinterließen darin nur die Schatten der Furcht und der Sorge. »Es ist soviel geschehen ... Wir haben unser Volk vergessen.«

»Ein weiterer Grund, weshalb ihr uns helfen müßt, zu ihm zurückzukehren«, sagte Khardan zornig zu Pukah.

»Ein weiterer Grund, weshalb wir Kaug bekämpfen müssen, Kalif.« Sond sagte es in ehrlichstem Respekt, mit festester Entschlossenheit. »Wenn der Kaug in dieser Schlacht obsiegt, werden alle Unsterblichen aus der Welt verschwinden. Dann wird Quar als Stärkster der Götter dazu in der Lage sein, seinen unmittelbaren Einfluß auf das Volk zu vermehren. Seine Stärke wird wachsen, während die Schwäche der anderen Götter größer wird, und schließlich werden die Einundzwanzig zum Einen werden.«

»Wir sind nur einige wenige Stunden fort, *Sidi*«, meinte Pukah zuversichtlich. »Dieser Kaug mag zwar die Kraft eines Bergs haben, aber er hat auch ungefähr soviel Gehirn wie einer. Wir werden ihn besiegen und zu euch zurückkehren, bevor ihr auch nur beginnt uns zu vermissen.«

»Ruht euch während der Tageshitze aus, *Sidi*, in dem Zelt, das wir für euch vorbereitet haben. Wir werden rechtzeitig zurück sein, um euch das Abendessen zu servieren«, ergänzte Sond.

Die beiden Dschinnen begannen zu verblassen. Mathew spürte, wie etwas seine Wange streifte, etwas Weiches und Leichtes und Zärtliches wie eine Feder, und er hob schnell die Hand, um es zu ergreifen, doch da war nichts.

»Khardan!« rief Zohra und griff nach ihm. »Die wollen uns hier im Stich lassen! Du darfst sie nicht ziehen lassen!«

»Ich kann sie nicht daran hindern!« rief Khardan gereizt und schüttelte ihre Hände ab. »Was soll ich denn tun? Ich bin nicht mehr ihr Gebieter!«

»Aber ich bin es!« kreischte eine schrille Stimme.

## 2

Alle drehten sich erschrocken um, denn während des Streits hatten sie den dürren kleinen Mann völlig vergessen. Genaugenommen hatte niemand während der Reise sonderlich auf Meelusk geachtet. Der Fischer mit den Knopfaugen und dem durchtriebenen Gesicht hatte die Fahrt zusammengekauert am Boden des Boots zugebracht. Wann immer jemand ihn unmittelbar anblickte, hatte Meelusk ein eiferndes, serviles Grinsen aufgesetzt, das in eine bösartige Grimasse überging, sobald er glaubte, daß ihn niemand beobachtete.

Jetzt kam er über den Sand gestampft. Sonds Lampe sowie Pukahs von Wasser durchtränkten Schlangenbeschwörerkorb hatte er an seine Brust gedrückt.

»Ich traue dir nicht, du schwarzbärtiger Dämon«, rief Meelusk, die glitzernden Augen auf Khardan geheftet. »Die Frau bei dir ist eine Teufelin, und ich weiß nicht, was du bist, rothaarige Mißgeburt!« Der Blick huschte zu Mathew hinüber. »Aber ob du Teufelin sein magst oder männlicher Dämon, ich werde dich schon bald los sein! Ich werde euch alle schon bald los sein!«

Das waren zwar starke Worte, doch die Dschinnen Sond und Pukah verblaßten immer mehr, und plötzlich fiel es Meelusk ein sich zu fragen, wer hier eigentlich gerade wen loswurde.

»Kommt zurück!« schrie der kleine Mann und wedelte mit Sonds Lampe in der Luft. »Ich bin euer Gebieter! Ich habe euch aus dem Meer gerettet! Ihr müßt mir gehorchen, und ich befehle euch, hierher zurückzukehren!«

Die Bilder der Dschinnen waberten, dann materialisierten sie sich langsam wieder.

»Wenn man alles bedenkt, hat er recht«, sagte Pukah zu Sond. »Er ist tatsächlich unser Gebieter.«

»Darauf könnt ihr wetten!« sagte Meelusk selbstzufrieden und warf Khardan einen triumphierenden Blick zu.

»Er hat uns wirklich aus dem Meer gerettet. Wir sind ihm die Lehenstreue schuldig«, stimmte Sond zu.

Turbangekleidete Köpfe verneigten sich; die Dschinnen kamen herbei, um sich vor dem kleinen Menschen zu Boden zu werfen.

»Da habt ihr verdammt recht!« Meelusk keckerte. »Und jetzt erhebt euch und hört mir zu.« Er zeigte auf Khardan und seine Gefährten. »Laßt die Nomaden hier am Strand zurück, wo sie verfaulen können. Nehmt ihnen ihr Wasser und das Zelt dort weg.« Im Schutz der Dschinnen fühlte sich Meelusk sicher genug, eine knochige Faust gegen die Nomaden zu schütteln. »Ihr mordenden, hartherzigen Teufel! Ich habe gesehen, wie ihr mich angeschaut und nach meinem Blut gedürstet habt. Ha! Ha! Das wird nicht das einzige sein, wonach ihr noch dürsten werdet.« Meeslusk wandte sich wieder den Dschinnen zu seinen Füßen zu. »Ihr werdet mich jetzt einkleiden wie einen Sultan, dann bringt ihr mir schöne Frauen, dann erschafft ihr mir einen Palast aus Silber und Marmor, mit großen, hohen Mauern, damit mir niemand etwas anhaben kann. Danach geht ihr in mein Dorf. Die Leute dort respektieren mich nicht genug. Aber das werden sie noch lernen! Ja, das werden sie, diese Straßenköter. Wenn wir dort eingetroffen sind, werdet ihr ihre Häuser umtreten, eins nach dem anderen. Und sie in den Boden stampfen! Und sie dann anzünden. Danach werdet ihr mir alles Gold und alle Edelsteine der Welt bringen – he! Was ist denn mit dir los?«

Pukah hatte eine Hand an die Stirn gelegt und rollte die Augen. »Zu viele Befehle, Gebieter.«

»Ah, du bist wohl etwas schwer von Begriff?« fragte Meelusk mit tückischem Grinsen.

»Ja«, sagte Sond ernst, »das ist er.«

»Schöne neue Kleider für meinen Gebieter!« befahl Pukah und klatschte in die Hände.

Im selben Augenblick war Meelusks hagerer Körper von Kopf bis Fuß in einen Kokon aus kostbarster Seide eingehüllt. »He!« rief eine erstickte Stimme aus der Mitte des Kokons. »Ich kann nicht mehr atmen!«

»Juwelen für meinen Gebieter!« befahl Sond und klatschte in die Hände.

Perlen- und Goldketten sowie Edelsteine jeder erdenklichen Farbe fielen vom Himmel herab und legten sich um Meelusks Hals, zerrten ihn mit ihrem Gewicht beinahe mit dem Kopf auf die Knie.

»Frauen für meinen Gebieter!«

Willige, geschmeidige Leiber umringten Meelusk, flüsterten mit sanften Stimmen ins Ohr. Die Frauen schmiegten sich verführerisch an ihn. Gaffend ließ Meelusk sowohl Sonds Lampe als auch Pukahs Korb fahren, um seine Hände freizubekommen.

»Eine neue Lampe und ein neuer Korb für meinen Gebieter!« rief Pukah, hingerissen von Begeisterung.

»Ja! Ja!« keuchte Meelusk und beäugte die Frauen, während er gierig nach ihren weichen Leibern griff. »Alles neu! Noch mehr Gold! Noch mehr Juwelen! Und wenn ihr schon dabei seid, noch mehr von diesen Schönheiten.«

Pukah warf Khardan einen vielsagenden Blick zu. Leise schlich sich der Kalif heran, ergriff Sonds Lampe und Pukahs Korb, packte sie fest und wich schnell wieder einen Schritt zurück.

Sofort verschwanden die Frauen, die Edelsteine, die Perlen und das Gold, der Turban, die Wolle und die Seide allesamt.

»Ach, Gebieter Meelusk, was hast du nur getan?« rief Pukah bestürzt.

»Wie? Was?« Meelusk blickte sich wirr um, während seine Hände, die soeben noch eine schlanke Hüfte umschlungen hielten, jetzt mit festem Griff nichts anderes als leere Luft packten. Wütend fuhr er die beiden Dschinnen an, die ihn traurig musterten. »Bringt sie zurück, habt ihr gehört. Bringt sie zurück!« heulte er und hüpfte dabei im Sand auf und ab.

»Ach, leider bist du nicht mehr unser Gebieter, Gebieter«, sagte Pukah mit hilflosem Spreizen der Hände.

»Du hast aus eigenem Entschluß unsere Behausungen weggegeben«, ergänzte Sond mit schwerem Seufzen.

Tobend fuhr Meelusk herum und sprang auf Khardan zu, doch bevor er auch nur zwei Schritte hatte machen können, hatte der riesige Sond den schäbigen kleinen Mann schon an den Armen gepackt. Der Dschinn hob ihn hoch wie ein Kind und trug den um sich tretenden und kreischenden Meelusk zu seinem Boot hinüber. Sond warf ihn hinein und verpaßte dem Boot einen mächtigen Stoß, der es über das Wasser schießen ließ.

»Besser nicht so laut rufen, ehemaliger Gebieter!« rief Pukah dem Boot nach. »Die Ghule haben ein hervorragendes Gehör!«

Meelusks Flüche verstummten abrupt, und einmal mehr war alles wieder still. Als das Boot außer Sichtweite war, kehrten Sond und Pukah langsam über den Sand zurück, um sich vor Khardan aufzubauen. Sonds zerbeulte und zerkratzte Lampe, die unter ihrem Gebrauch ziemlich gelitten hatte, lag zu Füßen des Kalifen. Pukahs wassergetränkter Korb stand daneben. Khardan musterte die Gegenstände, die die Dschinnen an die sterbliche Welt banden, sein Blick war finster und nachdenklich.

Die Dschinnen verneigten sich und warteten in angespanntem Schweigen.

»Dann geht und tut, was ihr tun müßt!« knurrte Khardan plötzlich, wobei er sich weigerte sie anzusehen. »Je schneller ihr fort seid, um so schneller kehrt ihr wieder zurück.«

Sond warf Pukah einen Blick zu. Pukah nickte.

»Lebt wohl, Prinzessin, Kalif, Verrückter!« Der fuchsgesichtige Dschinn winkte. »Erwartet uns beim Sonnenuntergang zurück!«

Die Dschinnen verschwanden.

»Wirklich eine kluge Entscheidung, Mann!« höhnte Zohra. »Jetzt sind wir allein an diesem vermaledeiten Ort!«

»Ich mußte die Entscheidung treffen, Frau, nicht du!« erwiderte Khardan barsch.

Ein schweres Schweigen legte sich über die drei, das nur vom sanften Geräusch des Wassers unterbrochen wurde, wie es am Ufer leckte, und vom Schnarchen Ustis, der wie ein riesiger, fetter Fisch auf dem Strand ausgestreckt dalag.

»Wenigstens hat mein Dschinn uns nicht im Stich gelassen ...«, fing Zohra an.

Plötzlich fuhr Sonds riesige Hand aus der Luft. Er packte Usti an der breiten Bauchschärpe und riß ihn in die Höhe. Ein erschrockener Schrei, dann war auch Usti verschwunden.

Jetzt waren die drei Menschen allein an der feindseligen Küste. Die Sonne schlug mit ihrem Hammer gegen die rissige Erde. Stinkende Pfützen brackigen Wassers blubberten und kochten. Hinter ihnen stand ein Zelt, durch dessen geöffnete Klappe sie in die kühle, einladende Dunkelheit in seinem Inneren blicken konnten. Wasserschläuche hingen von der Mittelstange herab, Schalen mit Früchten und Reis standen auf Teppichen, die vor Kissen ausgebreitet lagen. Es gab sogar Wüstenkleidung. Die Dschinnen hatten an alles gedacht und es beschafft.

»Geh hinein, Frau. Zieh dich um«, befahl Khardan. »Wir werden draußen auf dich warten.«

»Du kannst ja nicht einmal deinen eigenen Dschinnen Befehle erteilen! Mich kommandierst du ganz gewiß nicht herum, Mann!« tobte Zohra. Ihre dunklen Augen huschten zu Khardan hinüber. Nur in die Überreste des Panzers eines Schwarzen Paladins gekleidet, begann seine braune Haut sich bereits rot zu verfärben. »Du bist es, der des Schutzes bedarf. Ich werde auf *dich* warten.«

Khardans Gesicht lief rot an vor Zorn. »Weshalb bestehst du darauf, dich gegen mich zu stellen, Frau ...«

»Bitte!« Mathew trat zwischen sie. »Nicht ...«, fing er an, wankte, schwankte im Stehen. »Nicht ...«, versuchte er es noch einmal, doch er konnte nicht mehr atmen. Er konnte nicht gegen die brennende Flut anschwimmen. So schloß er die Augen und ließ sich vor ihr niedersinken.

## 3

Zohra und Khardan trugen Mathew in den Schutz des Zelts. Sie entkleideten ihn seiner schweren schwarzen Gewänder – wobei Zohra die Augen keusch gesenkt hielt, wie es bei der Pflege der Kranken schicklich war, und so tat, als würden sie die zerbrechliche Nacktheit des jungen Manns nicht bemerken; sie wuschen Gesicht und Brust mit dem lauwarmen Salzwasser der Kurdinischen See ab. Wie sie gemeinsam den leidenden jungen Mann bearbeiteten, wurde sich jeder der Nähe des anderen nur zu sehr bewußt. Als ihre Hände einander zufällig berührten, schreckten beide auf und wichen voreinander zurück, als hätten sie glühende Kohlen gestreift.

»Was ist los mit ihm?« fragte Khardan. Als er sah, daß er nicht mehr tun konnte, stand er auf und stellte sich neben die geöffnete Zeltklappe.

»Die Hitze, denke ich«, erwiderte Zohra. Sie tauchte einen Streifen Tuch ins Wasser und legte ihn auf die heiße Stirn.

»Kannst du ihn mit deiner Magie heilen? Wenn die Dschinnen nicht zurückkehren sollten ...«

Zohra warf Khardan schnell einen Blick zu.

Der Kalif starrte hinaus. » ... dann werden wir diese Nacht losreisen müssen«, beendete er kalt seinen Satz.

»Wir könnten hierbleiben.« Es war eine Feststellung, kein Vorschlag.

Khardan schüttelte den Kopf. »Wir haben Wasser für höchstens zwei Tage. Wenn das verbraucht ist ...« Diesen Satz beendete er nicht.

Wenn das verbraucht war, würden sie sterben. Auch wenn sie unausgesprochen blieben, hallten die Worte doch durch das Zelt.

Khardan stand angespannt da, erwartete den Angriff seiner Frau. Aber der Angriff kam nicht, und er fragte sich warum. Aus welchem Grund auch immer – Zohra schwieg. Lange Augenblicke sprach niemand ein Wort. Khardan blickte launisch über die *Kavir*, sah mit an, wie die Wellen der Hitze über das Land spülten – eine höhnische Nachahmung des Wassers, nach dem es dürstete. Zohra bereitete Mathew eine grobe Decke aus seinen eigenen abgelegten Gewändern und bedeckte keusch den hellhäutigen Jungen.

»Ich kann meine Magie nicht benutzen«, sagte sie schließlich. »Ich habe weder einen Talisman noch ein Amulett zur Verfügung. Wohin werden wir gehen?«

»Zurück zu unserem Volk. Nach Westen. Pukah hat etwas von einer Stadt erzählt, Serinda ...«

»Eine Stadt des Todes!« Zohra merkte, daß diese Bezeichnung eine finstere Doppelbedeutung haben konnte, und biß sich auf die Lippe. »Die Geschichte kennt doch jeder«, fügte sie lahm hinzu.

»Für uns mag in ihren Wasserbrunnen durchaus Leben liegen. Ich gehe hinaus, um mich umzuschauen, bevor die Nachmittagshitze einsetzt.« Er wollte die Zeltklappe beiseite schieben, doch da hielt er inne. Mit der Stiefelspitze berührte Khardan vorsichtig einen am Boden liegenden Gegenstand – Mathews Gürtel und ein Lederbeutel. »Der Junge besitzt aber doch die Magie«, sagte er verwundert. »Ich habe ihn sie bewirken sehen.«

»Er ist ein sehr fähiger und mächtiger Hexer«, sagte Zohra stolz, als wäre Mathew ihre eigene Schöpfung. »Er hat mich unterwiesen. Durch seine Magie habe ich die Vision geschaut ...«

Sie blickte Khardan nicht an; sie hörte ihn weder sprechen noch ein Geräusch von sich geben. Doch war sie so empfindlich auf seine Gegenwart eingestellt, daß sie das Anspannen seines Körpers, das leise, schnelle Einatmen eher spürte als sah.

Die Vision, der Grund, warum sie Khardan bewußtlos vom Schlachtfeld geschleppt und ihn vor den Streitkräften des Emirs verborgen hatte, indem sie ihn in Frauenkleider hüllte.

»Da du schon so geübt in seiner Magie bist, Frau«, bemerkte er sarkastisch, »gibt es denn unter seinen Sachen nichts, was du verwenden könntest, um ihm zu helfen?«

»Ich habe nie gesagt, daß ich in seinen Künsten geübt sei«, entgegnete sie mit leiser, leidenschaftlicher Stimme, ohne ihn anzusehen. »Ich habe gesagt, daß er mich unterweist. Und ich schwöre bei Akhran«, fuhr sie mit bebender Stimme fort, »daß ich solche Magie niemals wieder verwenden werde!«

Sie streckte den Arm vor und wollte dem jungen Mann das nasse rote Haar aus der Stirn streichen, doch ihre Finger zitterten, und so verbarg sie ihre Hände hastig wieder im Schoß. Es schien, als glitten die Tränen ohne jeden Grund in ihre Augen, und sie fuhren bereits ihre Wangen hinab, bevor sie sie daran hindern konnte. Sie durfte keine Hand heben, um sie fortzuwischen; das hätte ihm ihre Schwäche offenbart. Schnell senkte sie den Kopf und ließ das schwarze Haar nach vorn fallen, um ihr Gesicht zu verschleiern.

Doch nicht bevor Khardan die auf den dunklen Wangen glitzernden Tropfen erblickt hatte. Er trat neben sie, streckte die Hand aus ...

Zohra zuckte zusammen und wich hastig aus. »Du mußt das Zelt verlassen, Mann.« Als sie aufstand, kehrte sie

Khardan weiterhin den Rücken zu. »Mat-hew ruht bequem. Ich werde meine Kleider wechseln.«

Sie stand steif und mit starren Schultern da. Khardan konnte nicht erkennen, wie sich die Finger seiner Frau verkrampften und in ihr Fleisch gruben. Ihm erschien sie kalt und fern. Die Haufen aus Obsidian, die draußen über den Wüstenboden verteilt dalagen, strahlten mehr Wärme ab als diese Frau aus Fleisch und Blut.

Worte drängten sich auf Khardans Lippen, doch in einem solchen Gewirr aus Zorn und Empörung, daß er nichts auszusprechen vermochte. Wütend stolzierte er aus dem Zelt.

Es war unmöglich, das wußte er, denn Zohra hatte schon seit Monaten keinen Zugang mehr zu ihren Parfümen. Doch er hätte schwören können, daß er Jasmin gerochen hatte.

Schäumend vor Wut lief Khardan durch den Wüstensand. Die Frau machte einen wahnsinnig! Eine Teufelin – der säbelbeinige Fischer hatte recht gehabt! Khardan wollte sie in die Arme nehmen und ... und ... ihr das Leben aus dem Leib würgen!

Die Sonne war heiß, aber nicht so heiß wie sein Blut. In einiger Entfernung hob sich eine hohe Düne, verhieß ihm Aussicht über das Land. Grimmig machte er sich auf den Weg über die geborstene Erde.

Im Inneren des Zelts, in der Sicherheit ihres Verstecks, fiel Zohra auf die Knie und weinte.

Mathew durchschlief die Nachmittagshitze und erwachte, ausgeruht und wachsam, gegen Sonnenuntergang.

»Sind die Dschinnen zurück?« fragte er.

Niemand antwortete ihm. Seine Worte fielen in einen Brunnen des Schweigens. Irgend etwas war geschehen. Hastig setzte er sich auf und blickte sich um. Khardan lag in voller Länge ausgestreckt auf der einen Seite des Zelts. Auf einen Ellenbogen gestützt, blickte er mißmutig ins Leere. Auf der gegenüberliegenden Seite des Zelts war Zohra damit beschäftigt, die Nahrungsmittel einzupacken, mit denen die Dschinnen sie versorgt hatten; sie schien Reisevorbereitungen zu treffen. Die Unsterblichen waren nirgendwo zu sehen.

Mathew merkte, wie sich seine Kehle zuzuschnüren begann. Die *Girba* lag neben ihm. Er nahm sie auf und wollte trinken, bemerkte dann aber Khardans scharfen, schnellen Blick und nahm nur einen Schluck. Er behielt das Wasser so lange im Mund, wie er nur konnte. Sanft legte er den Wasserschlauch wieder auf den Boden, und Khardans Blick schweifte von ihm ab.

»Es ist ja auch gerade erst Sonnenuntergang«, meinte Mathew unruhig und verweigerte mit einem Winken die kleine Essensportion, die Zohra ihm darbot. Es war zu heiß, um zu essen. »Sie werden bald hier sein.«

Khardan bewegte sich. »Wir können nicht warten«, sagte er mit kalter Stimme. »Sobald die Sonne versunken ist, müssen wir uns auf den Weg machen. Wir müssen Serinda vor Sonnenaufgang erreichen.« Er blickte Mathew finster an. »Schau nicht so besorgt drein. Es ist nicht weit. Wir sollten es leicht schaffen.« Er machte eine Geste. »Von den Dünen aus kann man die Stadtmauern erkennen.«

So steif, als hätte er lange Zeit in einer Stellung verharrt, stand Khardan auf. Er hatte seine Kleider gewechselt, hatte die bauschigen Hosen, den mit einem Tuch um die Hüfte gegurteten Kittel und die langen, fließenden Gewänder der Wüste angelegt. Der *Haik*, der von dem *Agal* festgehalten wurde, bedeckte seinen Kopf, das Gesichtstuch hing ihm auf die Brust herab. Weiche Sandalen kleideten seine Füße. Zohra trug die losen Gewänder einer Frau, ein Oberteil mit langen Ärmeln und Hosen, die sich um die Fußknöchel schmiegten. Ein Schleier bedeckte Kopf und Gesicht. Sie mied jeden Blickkontakt mit Khardan und schlüpfte mit dem Proviant aus dem Zelt.

»Zieh dich an«, befahl Khardan und wies auf zwei Kleiderhaufen in der Mitte des Zelts. In einem davon erkannte

Mathew die seidenen Falten des *Chadors* einer Frau, während der andere aus Gewändern zu bestehen schien, die jenen glichen, wie sie der Kalif trug. Da er nicht wußte, für welches Geschlecht sich der seltsame Verrückte heute entscheiden würde, hatte Pukah weitsichtig Kleidung für beide zurückgelassen. Mathew griff nach den Männerkleidern, dann hielt er inne. Errötend blickte er Khardan an.

»Ist es gestattet?« fragte er.

Ein flüchtiges Lächeln berührte die Lippen des Kalifen. »Im Augenblick ja, Mat-hew. Wenn wir zum Tel zurückgekehrt sind, könnte es sein, daß du deine Rolle wieder aufnehmen mußt als ...« Ein Hauch von Verbitterung. » ... meine Frau.«

»Das macht mir nichts aus«, erwiderte Mathew sofort und wollte damit nur Khardans offensichtlichen Schmerz lindern. Erst zu spät wurde ihm klar, wie man Worte und Tonfall auch mißdeuten könnte, und so errötete Mathew noch mehr und versuchte, seine Bemerkung klarzustellen. Doch da hatte Khardan bereits höflich das Zelt verlassen, um Mathew Ungestörtheit zu gewähren.

»Narr!« verwünschte Mathew sich selbst, während er an dem ellenlangen Stoff nestelte. »Warum schreist du deine Gefühle nicht gleich in die vier Winde hinaus, dann hast du es hinter dir!«

Als er schließlich angekleidet war, trat er hinaus und fand die beiden jeder für sich allein vor; sie blickten beide gen Westen, wo die Sonne über dem Horizont verschwunden war. Die Luft kühlte sich bereits ab, obwohl die am Tag gespeicherte Wärme vom Boden abstrahlte und Mathew das Gefühl gab, als sei er soeben in einen Backofen hinausgetreten.

»Ich bin bereit«, sagte er und erschrak, als er hörte, wie heiser und ängstlich seine Stimme klang.

Khardan drehte sich um und kehrte ohne jedes weitere Wort ins Zelt zurück. Dann kam er mit der über die Schulter geschlungenen *Girba* wieder hervor und begann nach

Westen zu marschieren, ohne auch nur einmal hinter sich zu blicken. Zohra folgte Khardan, sorgte aber dafür, daß sie nicht in seine Fußspuren trat.

Seufzend folgte ihnen Mathew.

## 4

Als er von der Spitze der Sanddüne an den westlichen Himmel mit seinem wolkenlosen, erdrückenden Ockerton blickte, konnte Mathew die Stadt Serinda erkennen. Er kannte ihre Geschichte, denn Legenden über die tote Stadt waren unter den Nomaden sehr beliebt.

Vor etwa hundert Jahren war Serinda einmal eine blühende Metropole gewesen. Und dann, ganz plötzlich, war der Legende zufolge alles Leben in Serinda erstorben. Niemand kannte die Ursache. Waren es Räuber aus dem Norden gewesen? Die Pest? Die giftigen Dämpfe des Vulkans Galos? Als er so die Stadtmauern musterte, spürte Mathew, wie sich seine Neugier regte, und er freute sich darauf, durch jene Tore zu schreiten, die jetzt nie mehr geschlossen waren. Vielleicht könnte er dieses Rätsel ja lösen.

Die Stadt sah nahe aus, dachte Mathew, und seine Stimmung hob sich. Khardan hatte recht. Mit ein paar Stunden Fußmarsch müßten sie diese Wüste überquert haben. Sie würden vor Morgeneinbruch in Serinda eintreffen.

Die tiefe Blauschwärze der Nacht spülte über das Land. Mathew genoß die Kühle. Gekräftigt und das Ende ihrer Reise vor Augen, ging er so schnell voran, daß Khardan sich gezwungen sah, ihn barsch daran zu erinnern, daß sie noch einen stundenlangen Fußmarsch vor sich hatten.

So verlangsamte Mathew seinen Schritt und blickte nicht mehr nach vorn, sondern sah sich um, mußte einmal mehr über die fremdartige, wilde Schönheit dieses Lands staunen. Zwar schien kein Mond, doch konnten sie im strahlenden Licht Zehntausender von Sternen am schwarzen Himmel deutlich ihren Weg erkennen. Obwohl Mathew wußte, daß es die Sterne waren, die den Sand mit dem gespenstischen, weißlichen Leuchten überzogen, schien es ihm, als würde das Land selbst in einem eigenen Licht erstrahlen.

Fasziniert blickte er zu den Sternen hinauf. In diesem klaren Himmel waren soviel mehr von ihnen zu erkennen, als er es in diesem Land jemals für möglich gehalten hätte. Nachdem er sich bereits an die verschobenen Konstellationen in dieser Hemisphäre gewöhnt hatte, machte Mathew schon bald den Leitstern aus, der am nördlichen Himmel glitzerte, und zeigte ihn Zohra.

»Den Kindern meines Landes bringt man bei, daß dort ein Engel des Promenthas steht, der mit seiner Laterne bei Nacht die Reisenden führt.«

Zohra musterte ihn skeptisch. »Dein Volk folgt dieser … Was war das noch?«

»Laterne, das ist wie eine Lampe oder Fackel. Ein Licht am Himmel.«

»Dein Volk sucht sich ein Licht aus und folgt ihm, und das führt die Leute dann dorthin, wo sie hinwollen?« Zohra musterte ihn mit verengten Augen. »Und die Leute deines Landes schaffen es tatsächlich, von einem Ort zum anderen zu gelangen?«

»Nicht irgendeinem Licht, Zohra«, wandte Mathew ein, als er ihren Fehler begriff. »Diesem einen besonderen Stern, der immer im Norden scheint.«

»Aha! Dann reisen also alle Leute in deinem Land nach Norden!«

»Nein, nein. Wenn du weißt, daß der Stern sich im Norden befindet, kannst du feststellen, ob du nach Osten oder Westen oder Süden gehst. So wie man es bei Tag mit Hilfe des Sonnenstands vermag. Tut dein Volk nicht das gleiche?«

»Hält sich *Hazrat* Akhran einen *Chirak* am Himmel, damit er ihn führe? Und damit seine Feinde wissen, wo er schläft?«

Zohra war empört. »Unser Gott ist kein solcher Narr, Mathew. Er kennt sich am Himmel aus. Wir kennen uns auf der Erde aus. Wir folgen nicht nur dem, was wir sehen, sondern auch dem, was wir hören und riechen können. Was macht denn dein Volk, wenn die Wolken die Sonne verbergen und ...« Sie zeigte unbestimmt gen Himmel. »... diesen Stern?«

Was würde sie sagen, wenn ich ihr mitteilte, daß der Stern eine Sonne ist? Oder daß unsere Sonne ein Stern ist? Mathew lächelte bei sich, stellte sich vor, wie er Zohra eine Lektion in Astronomie erteilte. Statt dessen begann er, ihr ein weiteres Wunder zu erklären. »Unser Volk hat ein ... ein ...« Er suchte nach einem passenden Wort in der Wüstensprache. »... Gerät mit einer Nadel darin, die stets nach Norden zeigt.«

»Ein Geschenk des Sul«, sagte sie weise.

»Nein, keine Magie. Na ja, irgendwie schon, aber es ist nicht Suls Magie. Es ist die Magie der Welt selbst. Du mußt nämlich wissen, daß die Welt rund ist, wie eine Orange, und daß sie sich dreht, wie ein Kreisel, und während sie sich dreht, entsteht eine mächtige Kraft, die Eisen anzieht. Die Nadel in dem Gerät besteht aus Eisen und es ... Was tust du da?«

»Trink etwas Wasser, Mat-hew.«

»Aber Khardan hat doch gesagt, wir sollen nicht ...«

»Ich sagte trink!« Zohra funkelte ihn über ihren Schleier hinweg an, ihre Augen glitzerten heller als Promenthas' Leitlaterne.

Mathew nahm gehorsam einen Schluck von dem warmen Wasser, das leicht nach Ziege schmeckte und ihm so lieblich vorkam wie das klarste, reinste Schneewasser, das zwischen den Felsen im Bach hinter seinem Zuhause perlte.

»So, Mat-hew, und nun entspannst du dich«, sagte Zohra eindringlich und tätschelte mit sanfter Hand seine Wange. »In unserer Gegenwart brauchst du dich nicht verrückt aufzuführen. Wir werden dir nichts tun. Khardan und ich wissen doch schon, daß du verrückt bist.«

Mit einem ermutigenden Lächeln wandte Zohra sich ab, um dem Kalifen zu folgen, der auf ihrem Weg blieb, ohne auch nur einmal zu den Sternen emporzublicken.

Sie machten nur kurze Rast, denn Khardan drängte sie in einem Tempo vorwärts, das Mathew nicht verstand. Serinda war doch so nahe. Weshalb sollten sie sich da nicht eine Stunde Ruhe gönnen? Khardan aber blieb eisern. Der Kalif sprach nur wenig während des Marschs und behielt sein Gesicht mit dem *Haik* bedeckt.

Schließlich hörte Mathew damit auf sich zu fragen, weshalb sie nicht haltmachen durften. Die kalte Luft trocknete den Schweiß auf seinem Körper, und er zitterte vor Kälte. Seine Füße hatten Blasen, und das Gehen wurde eine Qual. Seine Beinmuskeln schmerzten und zuckten vor Anstrengung. Einmal glitt er oben auf einer Düne aus und hatte weder Kraft noch Willen mehr, sich einzufangen. So rollte er hinunter, und der Sand schabte ihm an allen Stellen seines Körpers die Haut ab, die nicht von Stoff umhüllt waren. Als er unten zum Halten kam, blieb der Jüngling still liegen und scherte sich wenig darum, ob er sich jemals wieder bewegen würde oder nicht. Khardan packte ihn am Arm, riß ihn auf die Beine und gab ihm einen Stoß – alles ohne ein Wort zu sagen. Mathew stolperte weiter.

Wo war Serinda? Was war geschehen? Hatte Khardan sie in die Irre geführt? Mathew blickte gen Himmel und suchte schwindelnd nach dem Leitstern. Nein, da war er, zur Rechten. Sie marschierten gen Westen. Promenthas führte sie.

Aber mein Engel ist fort, dachte Mathew benommen, während er im Gehen taumelte.

Mein Engel. Mein Schutzengel. Vor einem Jahr hätte ich eine derartig kindische Vorstellung verlacht. Aber vor einem Jahr habe ich ja auch noch nicht an Dschinnen geglaubt. Vor einem Jahr habe ich noch auf mich selbst vertraut. Ich hatte meine Magie. Vor einem Jahr brauchte ich keinen Himmel ...

»Jetzt brauche ich ihn«, murmelte er bei sich. »Mein Engel hat mich verlassen, und ich bin allein. Magie!« Er lachte verbittert, torkelte, wäre beinahe gestürzt und taumelte weiter. »Ich weiß, wie man aus Sand Wasser macht. Das ist ein einfacher Zauber.« Er hatte ihn Zohra beigebracht und sie damit beinahe zu Tode erschreckt.

»Ich könnte aus diesem Ort einen Ozean machen!« Verträumt blickte Mathew sich um und stellte sich vor, wie er schwamm, auf kühlem Wasser dahintrieb, es über Kopf und Körper spritzte, trank, trank soviel er wollte. Seine Hand nestelte an den Pergamentrollen, die er sauber aufgerollt in seiner Gürteltasche mit sich führte. »Ja, ich könnte aus diesem Ort einen Ozean machen, sofern ich eine Feder hätte, um die Worte aufzuschreiben, und Tinte zum Schreiben, und eine Stimme in dieser rauhen und ausgetrockneten Kehle, um sie auszusprechen.

*Ein Geschenk für jeden Reisenden«*, imitierte er die dröhnende Stimme des Erzmagus. »Keine Notwendigkeit, sich wegen Frischwasser zu sorgen. Keine Notwendigkeit, an einem Fluß zu trinken, der verunreinigt sein könnte.«

Ha! In seinem Land war das Wasser niemals mehr als ein paar Schritte entfernt. In diesem Land verfluchte man es, weil es die Ernten überflutete und die Fundamente der Häuser fortspülte.

»An einem solchen Ort kann ich Wasser beschwören!«

Irgend jemand lachte brüllend. Erst als Mathew sah, wie Khardan stehenblieb und sich zu ihm umdrehte und Zohra sich neben ihm aufbaute, die Augen von Mattigkeit und Sorge überschattet, erkannte Mathew, daß er selbst dieser Jemand war. Er blinzelte und sah sich um. Es dämmerte. Er konnte erkennen, wie die wogenden Dünen Farbe anzunehmen begannen und das Licht von Promenthas' Laterne verblaßte. Mathew blickte nach Westen.

Die weißen Stadtmauern, die die ersten, abgeschrägten Strahlen der Sonne einfingen, glitzerten vor dem dunklen Hintergrund der schwindenden Nacht. Glitzerten weit entfernt ... weit, weit entfernt.

»Serinda! Was ist damit geschehen?« rief Mathew und zerrte heftig an Khardans Gewändern. »Sind wir im Kreis gegangen? Weshalb ist sie noch nicht näher gekommen?«

»Eine Auswirkung der Wüste«, sagte Khardan leise. »Das hatte ich bereits befürchtet.« Plötzlich wurde er wütend, riß Mathews Hand los und stieß den jungen Mann von sich. Er stieg den Abhang der Düne hinunter, auf der sie gestanden hatten. »Wir können noch weitere zwei Stunden marschieren, bevor die Hitze einsetzt.«

»Khardan.«

Der Kalif ging immer weiter, wobei seine eigenen Beine müde im Sand stolperten.

»Khardan!«

Als er sich umdrehte, sah er Zohra reglos hinter sich stehen. Ihr Umriß zeichnete sich vor dem brennenden Ball der aufgehenden Sonne ab, sie hatte einen Arm um Mathews Schultern gelegt. Der Jüngling sackte gegen ihren kräftigen Leib. Sein Atem ging in abgehackten Zügen.

»Er kann nicht mehr weiter«, sagte Zohra. »Keiner von uns kann es.«

Khardan musterte sie grimmig. Ebenso grimmig erwiderte sie seinen Blick. Beide wußten, was das bedeutete. Ohne Wasser würden sie niemals die sengende Hitze des kommenden Tags überleben.

Khardan warf den fast leeren Wasserschlauch auf den Sand und streckte seine schmerzenden Schultern. »Wir werden auf die Dschinnen warten«, sagte er gelassen. »Sie werden sich mit uns hier treffen.«

Nun war die Zeit für Zohras Triumph angebrochen, so bitter er ihr auch erscheinen mochte. Sie ließ Mathew sanft auf den Wüstenboden gleiten, dann hob sie den Blick, um ihrem Mann ins Gesicht zu sehen, in ein Gesicht, das sie hinter dem Tuch, das es einhüllte, nicht erkennen konnte.

Aber die Augen konnte sie sehen.

»Ja, Mann«, sagte sie sanft, »wir werden auf die Dschinnen warten.«

# 5

Im Nu verließen die drei Dschinnen und der Engel die Wüste, um ins Reich der Unsterblichen einzutreten. Sond führte sie an, und er war es auch, der darauf bestand, daß sie sich in einem Lustgarten materialisiert vorfänden – genaugenommen in jenem Garten, wo Sond in jener schicksalsvollen Nacht hineingeschlüpft war, um sich mit Nedjma zu treffen, als er das, was er für seine schöne Dschinnia hielt, in die Arme geschlossen hatte, nur um sein Gesicht fest gegen die haarige Brust des Ifrit Kaug gepreßt wiederzufinden. Der Garten gehörte einem der älteren Unsterblichen des Akhran, einem Dschinn, der von sich behauptete, er könne sich an den Augenblick erinnern, da die Zeit begonnen hatte. Zu alt und viel zu weise, um sich überhaupt noch mit Menschen abzugeben, hatte sich der uralte Dschinn in einem Herrenhaus eingerichtet, dessen Türme und Minarette normalerweise zwischen den üppigen, blühenden Bäumen und den Sträuchern seines Gartens kaum zu erkennen waren.

Doch der Garten hatte sich verändert. Die Mauer, über die Sond früher mit solcher Beweglichkeit hatte klettern können, wies nun heimtückisch aussehende Eisenspitzen auf. Pferde zertrampelten die empfindlichen Orchideen und Gardenien, Kamele waren an den gekachelten Wegen festgepflockt oder soffen Wasser aus den marmornen Springbrunnen. Mächtige Dschinnen aller Größen und Beschreibungen jagten in geschäftigem Treiben hin und her – rissen das feine Gitterwerk ab und verstärkten damit die Verteidigungsanlagen am Gartentor, malten einander in allen Einzelheiten aus, was sie Kaug antun würden, sobald sie ihn in ihrer Gewalt hätten.

In einem Fenster oben auf einem der Türme zusammengekauert, bewacht von gigantischen Eunuchen, spähten die Dschinnias über ihren Balkon, kicherten und flüsterten, wann immer einer der Dschinnen kühn genug wurde, um den drohenden Blicken der Eunuchen zu widerstehen und einem Gesicht, das seine Aufmerksamkeit erregt hatte, ein Zwinkern zu gewähren.

Sond blickte begierig zu dem Balkon empor. Usti warf einen einzigen Blick auf die angestrengte Aktivität um ihn herum, stöhnte und verschwand halsbrecherisch hinter einer Zierhecke. Doch hörte niemand den dicken Dschinn oder sah ihn verschwinden. Die anderen Dschinnen hatten Sond erspäht und kamen mit frohen Rufen auf ihn zu.

»Dank sei Akhran! Sond, wo bist du gewesen? Wir können deinen Schwertarm gut gebrauchen!«

Errötend vor Freude über diese Begrüßung, umarmte Sond seine Gefährten – von denen er viele seit Jahrhunderten nicht mehr gesehen hatte.

»Wo lebt denn dieser Ziegendieb von deinem Gebieter jetzt, Pejm?« befragte Sond den einen. »Durch Merkerish dahingerafft? Ach, davon hatte ich noch nicht gehört. Sein Tod tut mir leid. Aber wir werden gerächt werden. Deju! Du bist frei? Das mußt du mir erzählen ...«

*»Pejm! Bilhana!«* unterbrach eine laute Stimme Sond. »Ich bin es! Pukah! Ich habe dich aus Serinda errettet! Äh, Pukah. Der Name ist ... na ja, macht nichts. Bis später.« Pukah redete auf einen anderen Dschinnen ein, der ihm den Rükken zugekehrt hatte. »Deju, ich bin es, Pukah! Hier ist mein Schwertarm! Fest an meiner Schulter. Der, der dich aus der Stadt Serinda errettet hat. Ich ... äh ... Serinda ...«

»Serinda? Hast du Serinda gesagt?« Ein Dschinn stürzte auf Pukah zu. Das fuchsähnliche Gesicht strahlte erfreut und warf Asrial einen Blick zu, um festzustellen, ob sie auch zusah.

»Ja, natürlich.« Pukah vollführte das *Salaam* mit vollendeter Anmut. »Ich bin Pukah, der Held von Serinda.«

»*Salaa aleikum*, Serinda«, erwiderte der Dschinn hastig. »Habe ich richtig gehört, daß Sond eingetroffen ist? Ach, da ist er ja! Wenn du eben beiseite treten könntest, Serinda ...«

»Mein Name ist nicht Serinda!« sagte Pukah gereizt. »Ich bin Pukah! Der Held von Serin ... ach, egal.«

Von einem Dschinn nach dem anderen mit den Ellenbogen aus dem Weg getrieben, als sie sich um Sond scharten, fand sich Pukah in einem kleinen Hain aus Orangen- und Zitronenbäumen wieder. Neben ihm stand eine verloren wirkende Asrial und musterte mit weitaufgerissenen Augen ihre Umgebung.

Der Lärm und das Durcheinander, die halbnackten Körper, die Rufe und die Flüche, die offensichtlichen Vorbereitungen auf eine Schlacht brachten den Engel aus der Fassung. Sie hatte zwar davon gewußt, denn sie hatte ihren Gott Promenthas von einem Krieg im Himmel reden hören. Doch sie hätte nie gedacht, daß es so sein würde – von solcher Ähnlichkeit mit einem Krieg auf der Erde. Sie zog sich an eine Mauer zurück.

Was taten die Engel des Promenthas jetzt? Hatte der Krieg auch sie heimgesucht? Zweifellos. Asrial hatte eine Vision von den Seraphim, wie sie die schweren Holzbänke aus dem Boden der Kathedrale rissen, um sie an den Toren aufzustapeln; von Erzengeln, die die wunderhübschen Glasscheiben ausbrachen, um sich mit Pfeil und Bogen aufzustellen; von Cheruben, die ihre feurigen Schwerter hielten, bereit, Promenthas zu verteidigen.

Es war viel zu scheußlich, um es sich vorzustellen. Asrial drehte das Gesicht gegen die Wand. Sie hatte schon Kriege auf der Erde gesehen, aber die hatten zwischen Menschen stattgefunden. Sie hätte sich niemals vorstellen können, daß der Frieden und die Ruhe ihres ewigen Heims derart geschändet werden könnte.

»*Bilhana, Bilshifa.* Mein Name ist Pukah.« Allein am Wegrand stehend, verneigte sich der Dschinn und schrie und wurde ganz und gar ignoriert. »Fedj! Raja! Hierher!« Pukah wedelte mit den Armen, sprang auf und ab, um sich über den Köpfen und Schultern der größeren Dschinnen bemerkbar zu machen.

Fedj und Raja aber standen da und musterten argwöhnisch Sond, der dafür seinerseits die Arme vor der massigen Brust verschränkt hatte. Begegneten sich diese Erzfeinde nun als Gegner oder als Freunde? Dann brach Rajas Gesicht in ein Lächeln aus. Mit einer Hand grüßte er Sond, indem er ihm einen Schlag auf den Rücken verpaßte, der den Dschinn kopfüber in einen Hibiskusstrauch schleuderte, während er ihm mit der anderen einen edelsteinbesetzten Dolch darbot.

»Nimm das als Geschenk, mein lieber Freund!« sagte Raja.

»Aber mein lieber Freund, mit Vergnügen!« rief Sond und kroch dabei aus dem Gestrüpp.

»Lieber Freund«, äffte Pukah ihn angewidert nach. »Es ist keine zwei Wochen her, da hätten sie einander am liebsten die Augen ausgestochen.«

»Bruder!« Fedj warf seine riesigen Arme um Sond und drückte ihn an sich. »Ich finde nicht die Worte, um auszudrücken, wie sehr du mir gefehlt hast!« Ganz gewiß war es nur liebevolle Zuneigung, die Fedj dazu bewegte, seinem ›Bruder‹ beinahe die Luft aus der Lunge zu pressen.

Sond schob seine muskulösen Arme um Fedjs Hüfte und ergriff sein Handgelenk.

»Auch mir fehlen die Worte, Bruder!« meinte Sond und erwiderte die Umarmung mit einer solchen Zuneigung, daß man deutlich das Geräusch brechender Knochen hören konnte.

»Ich glaube, ich übergebe mich gleich!« murrte Pukah. »Und mich beachten sie nicht dabei – den Helden von Serinda! Na ja, sollen sie! He ...« Er hielt inne und blickte sich hastig um. »Ich habe etwas, was ihre Oberarmmuskeln zucken lassen wird. Asrial, meine Betörerin! Wo bist du, mein Engel?« Er spähte durch ein Gewirr von Hängeorchideen. »Asrial?« Ein Anflug von Panik färbte seinen Tonfall. »Asrial! Ich ... ach, da bist du ja!« Er seufzte erleichtert. »Ich konnte dich nicht finden! Meine Scheue!« Pukah musterte sie hingerissen. »Hast du dich wieder versteckt! Komm.« Er nahm sie bei der Hand. »Ich möchte dir meine Freunde vorstellen ...«

»Nein! Pukah, bitte!« Asrial blieb zurück, die Augen vor Furcht weit aufgerissen. »Laß mich gehen! Ich muß zu meinem Volk zurückkehren!«

»Unsinn«, sagte Pukah forsch und riß an ihr. »Dein Volk ist mein Volk. Wir sind alle unsterblich, und wir stecken alle da mit drin. Komm schon, sei ein liebes Kind. Komm schon.«

Zögernd kam Asrial aus ihrem Versteck hervorgekrochen.

»Da sieh sich das einer an!« rief Pukah stolz. »Das ist mein Engel!«

Asrials bleiche Wangen erröteten in einem zarten Rosa. »Pukah, sag nicht solche Sachen!« flehte sie. »Ich bin nicht dein En ...« Ihre Worte erstarben, verschluckt von einem schrecklichen Schweigen, das sich plötzlich über die im Garten versammelten Dschinnen legte, über die auf dem Balkon wachestehenden Eunuchen und die Dschinnias, die über ihre Schleier hinweg auf sie herabblickten.

Schwer keuchend deutete Fedj auf Asrial.

»Was ist das?« wollte er wissen.

»Ein Engel«, erklärte Pukah herablassend.

»Das sehe ich selbst, daß das ein Engel ist«, rief Fedj. »Was tut es hier!«

»Das ist kein Es, es ist eine Sie, wie jeder außer einem blinden Bettler deutlich sehen kann! Und sie gehört zu mir! Sie ist gekommen, um zu helfen ...«

»Gekommen, um zu spionieren, meinst du!« brüllte Raja.

»Eine Spionin Promenthas'!« riefen die Dschinnen wütend, schwenkten ihre Säbel und kamen auf die beiden zu.

Asrial wich zurück, auf Pukah zu, der den Engel hinter sich schob und sich der Menge stellte, das Kinn weit vorgereckt.

»Spionin? Wenn ihr museklbepackten Affen etwas Gehirn im Schädel hättet, dann wüßtet ihr, daß Promenthas ein Verbündeter von *Hazrat* Akhran ist ...«

»Falsch! Wir haben gehört, daß Promenthas auf Quars Seite kämpft!« erwiderten zahlreiche wütende Stimmen.

»Das stimmt nicht!« Mutig sprang Asrial vor, bevor Pukah sie daran hindern konnte. »Ich bin gerade von einem Treffen mit den beiden gekommen. Euer Gott und meiner haben versprochen, einander zu unterstützen!«

Das trug ihr zweifelnde Blicke und Gemurre ein.

»Eine List! Der Engel lügt. Alle Engel sind Lügner, das weiß man doch!«

»Nun wartet mal, meine Freunde. Ich kann mich für den Engel verbürgen ...«, begann Sond.

»Aha! Du steckst also auch mit drin. Hätte ich mir doch denken können, du diebischer Pferdefleischfresser!« Fedj stellte sich Sond in den Weg.

»Und das von jemandem, der nur Schafen beiwohnt!« entgegnete Sond verächtlich. »Aus dem Weg, Feigling.«

»Feigling! Alle wissen doch, daß es der Sohn deines Gebieters war, der in Frauenkleidern vom Schlachtfeld geflohen ist!«

Stahl blitzte in den Händen der Dschinnen auf.

»Beherzige meinen Rat, Pukah, und schaff sie fort von hier!« ertönte irgendwo zu ihren Füßen eine gähnende Stimme. Usti lag flach auf dem Rücken, die Hände auf dem dicken Bauch verschränkt, und blinzelte zu ihnen auf.

»Vielleicht hast du recht«, meinte Pukah, von den blitzenden Klingen eingeschüchtert, die nun auf ihn zukamen.

»Ich gehe nicht!« erwiderte Asrial. Ihre weißen Flügel flatterten erregt vor und zurück, ihr goldenes Haar schwebte in einer Wolke um ihr Gesicht. »Hört auf!« Sie lief vor, warf sich zwischen Fedj und Sond und blockierte ihre Säbel mit ihren kleinen weißen Händen. »Begreift ihr denn nicht? Das ist Kaugs Werk! Er will uns entzweien. Dann kann er uns Stück für Stück vertilgen!«

Fedj schob den Engel grob beiseite und stürzte sich auf Sond. Asrial fiel zu Boden, geriet in Gefahr, von den Kämpfenden zertrampelt zu werden, und mit einem wilden Schrei vollführte Pukah einen Satz, um sie aus dem Weg zu zerren. Doch bevor er sie erreicht hatte, sprang eine weitere Figur zwischen den Bäumen hervor.

Die geschmeidige, üppige Gestalt einer Dschinnia, in weite seidene Pluderhosen und durchschimmernde Schleier gekleidet, stand vor der gestürzten Asrial und schützte den Leib des Engels mit ihrem eigenen.

»Nedjma!« keuchte Sond und wich zurück.

Der verzückte Dschinn ließ seinen Säbel fallen und streckte die Arme aus, machte einen Schritt vor, doch da stand er plötzlich vor dem gewaltigen Bauch eines riesigen, einen Krummsäbel schwingenden Eunuchen, der wie ein Berg aus dem Bogen ragte und sich zwischen Sond und der Dschinnia aufbaute.

Nedjma reichte Sond nicht ganz bis zur Schulter. Ja, sie reichte nur mit Mühe bis an Rajas Hüfte. Doch der zornige Blick, mit dem sie die Dschinnen anblitzte, machte aus Muskelpaketen zitternde Hüllen unsterblichen Fleisches. Sanft und zärtlich, ohne ein Wort zu sagen, beugte Nedjma sich vor und half Asrial auf die Beine. Schützend legte sie den Arm um die Schulter des Engels und preßte den weißgekleideten Leib eng an ihren. Mit einem letzten, lodernden Blick auf Sond verschwand Nedjma, wobei sie den Eunuchen und Asrial mit sich führte.

Zitternd beugte Sond sich vor und nahm sein Schwert wieder auf. Als er sich aufrichtete, wich er Fedjs Blick aus. Fedj schob seinen Säbel in die Scheide und schlich sich aus dem Kreis, während er etwas über Frauen murmelte, die sich besser um ihre eigenen Angelegenheiten kümmern sollten.

Pukah verfolgte das Ganze besorgt, bis er schließlich sah, wie die weißen Flügel und das goldene Haar über ihnen getröstet wurden.

»Nun, da das erledigt wäre«, begann der junge Dschinn fröhlich und trat vor, »möchte ich mich vorstellen. Ich bin

Pukah, der Held von Serinda. Ihr erinnert euch nicht an mich, aber ich habe euch das Leben gerettet, unter großer Gefahr für mein eigenes. Und das kam so ...«

In diesem Augenblick schlug Kaug zu.

## 6

Ein Windstoß fuhr aus dem höhlengleichen Schlund des Ifrit und jagte durch den Lustgarten. Hohe Palmen krümmten sich, abgerissene Blätter und Blüten prasselten durch die Luft wie Regen, Wasser schwappte über die gekachelten Ränder der Zierteiche. Unsanft geweckt, ging Usti in einem Blumenbeet in Deckung. Hoch auf dem Balkon schrien die Dschinnias auf und griffen nach ihren flatternden Schleiern, wollten sehen, was hier vorging, während die Eunuchen sie in die Sicherheit des Palasts trieben. Unten zückten die Dschinnen grimmig ihre Klingen und stemmten sich gegen den Wind.

Von seinem Gott gespeist, war die Macht des Ifrits ebenso wie seine Größe gewaltig angeschwollen. Viele Male größer als das höchste Minarett, das den Palast zierte, viele Male breiter als die Mauern, die ihn umgaben, wälzte sich Kaug über die unsterbliche Ebene. Der Boden, der nur im Geist jener existierte, die auf ihm standen, erbebte von den Schritten des riesigen Ifrit. Sein Atem war ein Sturmstoß, seine Hände hätten den gewaltigen Raja auflesen und mühelos aus dem Himmel werfen können. Hätten sich alle Dschinnen im Garten aufeinandergestellt, sie hätten damit Kaugs Größe nicht erreicht.

Doch nun standen sie vor ihm. Sie würden nicht klein beigeben, wie es andere Unsterbliche getan haben sollten. Akhran selbst kämpfte noch immer. Und das würden auch seine Unsterblichen tun, bis ihre Macht verblaßt, die Kraft ihres Geists erschöpft und ihre Leiber selbst geschlagen waren.

Kaug blieb unmittelbar vor den Mauern des Gartens stehen und blickte in höhnischem Triumph auf die Dschinnen.

Sond trat einen Schritt vor und hob trotzig den Säbel. Nedjmas Parfüm hing dem Dschinn noch in der Nase; die Erinnerung an den vernichtenden Blick, den sie ihm zugeworfen hatte, brannte in seinem Geist. »Verschwinde, Kaug, solange du noch Gelegenheit hast, dein wertloses Fell zu retten. Wenn du jetzt fortgehst, werden wir dir nichts tun.«

Kaugs häßliches Gesicht verzog sich zu einem grotesken Lächeln. Er trat einen Schritt vor und drückte in aller Gelassenheit einen Teil der Mauer mit einem einzigen Tritt ein.

»Sond!« sagte Kaug freundlich und zog den anderen Fuß nach, um weitere Teile zu zerstören. »Du bist also hier? Ich bin erfreut, überrascht, aber erfreut. Ich hätte gedacht, daß du zum Tel zurückkehren würdest, denn ich habe gehört, daß dein ehemaliger Gebieter – der arme alte Majiid – aufgegeben hat und um die Todin buhlt. Das ist nun wirklich eine Frau, die Frieden in seinen Harem bringen wird!«

Sond erbleichte. Er warf Fedj einen schnellen Blick zu, doch der wandte das Gesicht schnell ab.

»Und der kleine Pukah auch«, fuhr der Ifrit fort und seine rumpelnde Stimme schlug Risse in die Grundsteine des Palasts. »Du bist also hier, während dein Gebieter wie ein Klumpen heißes Blei auf dem Sonnenamboß schmurgelt. Auch er buhlt um die Todin, und ich vermute, sie wird ihm besser gefallen als seine Frau!« Kaug gluckste und wischte mit einer Handbewegung einen Turm von den Schloßmauern. Die Dschinnen huschten davon, um den Trümmern auszuweichen, die um sie herum auf den Garten niederprasselten, blieben aber in den Ruinen stehen, grimmig und entschlossen.

»Es muß dir leid tun, daß du meinen Dienst quittiert hast, Kleiner Pukah!« Der Ifrit fuhr damit fort sie zu ärgern, doch

Pukah hörte nur mit einem Ohr zu, denn der größte Teil seiner Aufmerksamkeit galt einem in seinem Gehirn stattfindenden Dialog zwischen ihm selbst und ihm selbst.

»Diesen Kampf können wir nicht gewinnen, weißt du, Pukah«, verkündete er.

»Du, Pukah, bist klug wie immer«, bestätigte sein Alter ego mit einem Seufzen.

»Und ich bin schlauer als dieser Haufen Fischfleisch«, meinte Pukah.

»Natürlich!« erwiderte Pukah bestimmt, denn er wußte, was von ihm erwartet wurde.

»Das ist mein Plan.« Pukah stellte ihn nicht ohne Stolz vor. »Was hältst du davon?« fragte er, als sein Alter ego ziemlich lange in Schweigen verharrte.

»Er hat ... ein paar Fehler«, meinte Pukah zaghaft.

»Natürlich habe ich noch nicht die Zeit gehabt, alle Einzelheiten auszuarbeiten.« Pukah war wütend auf sich selbst, da er doch der Auffassung war, daß es an der Zeit sei zu schweigen, aber nicht anders konnte, als ein weiteres Problem zur Sprache zu bringen.

»Was ist mit Asrial?«

»Ah!« Pukah seufzte. »Du hast recht. Das hatte ich vergessen.« Dann meinte er mit trauriger Stimme: »Ich glaube nicht, daß irgendeine Hoffnung besteht.«

»Aber du solltest mit ihr reden!« drängte Pukah.

»Das werde ich«, gestand Pukah hastig zu, »aber ich muß jetzt sofort an die Arbeit gehen, also halte bitte den Mund.«

Der innere Pukah verstummte sofort, und der äußere Pukah verneigte sich anmutig vor dem Ifrit.

»Wahrhaftig, Kaug der Glorreiche, da ich dich erst jetzt in deiner wahren Herrlichkeit und Majestät schaue, bedaure ich es zutiefst, daß ich den bösartigen Drohungen des tierhaften Sond nachgegeben und ihm gestattet habe, mich dazu zu zwingen, von deiner Seite zu weichen.«

Erstaunt und erzürnt drehte der Dschinn sich um und musterte Pukah wütend. Sond wollte sich gerade zornig auf ihn stürzen, als ihn die gebieterische Stimme des Ifrit daran hinderte.

»Halt! Niemand rührt ihn an. Ich finde ihn … erheiternd.« Als er sich niederkauerte, warf seine hochaufragende Gestalt einen Schatten auf den Garten, der so finster war wie die Nacht; sein Atem warf Bäume um, als Kaug sich an Pukah wandte. »Du möchtest also wieder in meinen Dienst zurückkehren, ja, Kleiner Pukah? Besser als das Reich der Toten, wie?«

Der Ifrit warf einen bedeutungsvollen Blick auf alle Dschinnen und Dschinnias, die oben durch die Fenster spähten, und er hatte das Vergnügen mitanzusehen, wie sie alle erbleichten und zusammenzuckten. Kaug grinste. »Ja, das Reich der Toten. Ihr erinnert euch daran, nicht wahr? Keine menschlichen Körper mehr, keine menschlichen Freuden und Gefühle, keine Streifzüge auf der Erde, keine Schlachten und Kriege mehr, kein menschliches Essen und Trinken …« Aus einem der Blumenbeete ertönte ein gedämpftes Stöhnen. »Keine Dschinnen und Dschinnias mehr. Namenlose, gestaltlose Diener des Todes, das werdet ihr sein, wenn ich erst einmal mit euch fertig bin. Wenn ihr ihre Gebete nicht mehr beantwortet, werden die Menschen, denen ihr dient, glauben, daß sie von ihrem Gott im Stich gelassen wurden. Sie werden sich Quar zuwenden, einem Gott, der ihnen zuhört, und mir – einem Diener, der sich genau darauf versteht, für jedes ihrer Bedürfnisse und Verlangen zu sorgen, wie …«

» … wie ein guter Herr eben für seine Sklaven sorgt«, ergänzte Pukah.

Kaug sah ihn wütend an, denn das war nicht das schmeichelhafteste aller Bilder. Doch Pukahs Miene war ausdruckslos und unschuldig; er klang bewundernd, als er forfuhr: »Mir scheint, o Kaug, daß dies für dich eine gewaltige Arbeit bedeuten wird, und wenn ich auch nicht daran zweifle, daß deine Schultern groß genug sind, um diese Last zu tragen, kann sie dir doch nur die Zeit rauben für … äh … welche

Vergnügungen auch immer dir behagen mögen.« Pukah geriet kurz ins Stocken, er hatte nicht die leiseste Vorstellung davon, was das für Vergnügungen sein mochten, ganz gewiß aber legte er keinen Wert darauf, allzu genau darüber nachzudenken.

»Mein Vergnügen ist es, Quar zu dienen!« brüllte Kaug und richtete sich zu voller Größe auf, wobei er mit dem Kopf ein Loch in den sternenübersäten Himmel stieß.

»O ja, das muß es natürlich sein!« stammelte Pukah, den der Atemstoß von den Beinen riß. »Aber«, fuhr er gerissen fort, während er wieder aufstand, »du wirst dann ja gar nicht Quar dienen, nicht wahr? Du wirst den Menschen dienen! Ihren Launen gehorchen. ›Sorge dafür, daß meine zwölf Töchter reiche Ehemänner bekommen!‹ ›Bring mir eine Truhe voll Gold und zwei Körbe voller Edelsteine!‹ ›Mach mein Heim so groß wie das meines Nachbarn!‹ ›Beschaffe ...‹«

»Genug!« murrte Kaug. Die zornige Miene des Ifrit machte deutlich, daß Pukah einen empfindlichen Punkt getroffen hatte. Kaug, der doch einen Krieg im Himmel führen wollte und versuchte, Hader und Zwietracht unter den verschiedenen Fraktionen der Unsterblichen zu säen, war ständig dazu gezwungen, sein wichtiges Werk zu vernachlässigen, um ebenjene entwürdigenden Aufgaben zu erfüllen, die Pukah soeben erwähnt hatte. So hatte er erst vor wenigen Tagen eine vorbereitete Schlacht mit den Wischen und Dämonen des Astafas im Stich lassen müssen, um auf die Erde zurückzukehren und die Houri, Meryem, zu einer Audienz beim Imam zu bringen.

»Was das doch für eine Vergeudung bedeutet«, fügte Pukah traurig hinzu, »uns alle dazu abzustellen, die Toten zu bewachen, die doch eigentlich gar nicht soviel Bewachung benötigen. Ganz zu schweigen davon, daß wir dann der Todin dienen. Die trägt doch nicht halb soviel Verantwortung, wie du es tust, o Kaug der Überlastete.«

Pukah sprach leiser, als er ein nachdenkliches Zucken in

den Augen des Ifrit bemerkte. »Vielleicht zerreißt dieser angestrengte geistige Vorgang ja irgend etwas in ihm«, murmelte der Dschinn hoffnungsfroh. Ein Runzeln bildete sich auf der Stirn des Ifrit, und er beeilte sich, seinem nächsten erwarteten Einwand zuvorzukommen. »Ich bin sicher, daß Quar, nachdem er seinen eigenen Vorrat an Unsterblichen aufgebraucht hat, außerordentlich über deinen Einfallsreichtum und deine Klugheit erfreut sein wird, deinem Großen Gott zusätzliche Hilfe zu beschaffen, um die Welt zu leiten.«

Zerstreut entwurzelte Kaug ein paar Bäume, als er über diesen jüngsten Vorschlag nachdachte. Sond nutzte diese Ablenkung des Ifrits, um näher an Pukah heranzutreten und ihm aus dem Mundwinkel zuzuzischen: »Bist du jetzt völlig verrückt geworden?«

»Kannst du einen Kampf gegen ihn gewinnen?« fragte Pukah flüsternd.

»Nein«, gestand Sond zähneknirschend.

»Willst du das Reich der Toten bewachen?«

»Nein!«

»Dann halt den Mund und laß mich ...«

Kaug fixierte Pukah mit einem stählernen Blick, und der Dschinn war sofort wieder ganz Höflichkeit und respektvolle Aufmerksamkeit.

»Du sagst, Kleiner Pukah, daß du und deine Brüder für mich arbeiten sollten anstelle der Todin?«

Pukah verneigte sich, die Hände wie zum Gebet gefaltet. »Wir würden uns geehrt fühlen ...«

»Verdammt würden wir sein!« wollte Sond losbrüllen, doch Pukahs Ellenbogen im Sonnengeflecht Sonds raubte dem Dschinn gleichzeitig den Atem, die Stimme und den Trotz. Zweifellos hätten die anderen Dschinnen auch ihren Widerstand kundgetan, hätte sich nicht das unheilvolle Auge des Ifrits ihnen zugewandt, um jeden von ihnen drohend anzustarren.

Geschmeidig glitt Pukah vor den keuchenden Sond und blickte den Ifrit an.

»Höchst Großzügiger Kaug, meine Brüder sind, wie du sehen kannst, von dieser Möglichkeit schier überwältigt. Sie sind benommen und können ihrem Dank keinen angemessenen Ausdruck verleihen.«

»Dank wofür? Ich habe noch kein Angebot gemacht!«

»Ah«, sagte Pukah und musterte Kaug aus dem Augenwinkel, »du wagst es nicht, etwas zu unternehmen, ohne dich zuvor mit Quar beraten zu haben. Das verstehe ich.«

»Ich tue, was mir gefällt!« brüllte der Ifrit, und sein Atemstoß zerschmetterte sämtliche Glasscheiben auf der unsterblichen Ebene der Dschinnen.

»Dennoch wollen wir nichts überstürzen. Gib meinen Brüdern und mir zweiundsiebzig Menschenstunden Zeit, um über deine Bedingungen nachzudenken und zu entscheiden, ob wir sie annehmen oder nicht.«

Kaugs große Augen blinzelten. Der Ifrit war etwas verwirrt. Das war zwar ein ungewöhnliches Gefühl für den im allgemeinen recht scharfsinnigen Kaug, andererseits hatte er in letzter Zeit sehr viel um die Ohren. Er konnte sich nicht daran erinnern, Bedingungen gestellt zu haben. Oder hatte er es doch getan? Der Ifrit wußte, daß er irgendwie die Kontrolle über die Situation verloren hatte, und das erzürnte ihn. Er überlegte sich, den Garten und diese irritierenden Dschinnen mit einem einzigen Atemstoß dem Erdboden gleichzumachen, um danach ihre unsterblichen Geister aus den Schalen ihrer Leiber zu pflücken und sie der Todin zu schicken. Doch in diesem Augenblick vernahm Kaug das dreimalige Tönen eines Gongs.

Quar rief nach ihm. Zweifellos mußte sich wieder irgendein Mensch seinen Esel striegeln lassen.

»Du kannst ja immer noch zurückkehren und uns später zerquetschen, wenn es das sein sollte, wozu du dich entscheidest«, schlug Pukah in respektvollstem Tonfall vor. »Es ist unwahrscheinlich, daß wir uns irgendwo anders hinbegeben werden.« Nur, um unseren Gebieter vom Sonnenamboß zu erretten, fügte der Dschinn bei sich hinzu und frohlockte über seine eigene Schläue.

Zweiundsiebzig Stunden. Kaug überlegte. Ja, er könnte immer noch später wiederkehren und sie zermalmen. Und bis dahin würden zweiundsiebzig Stunden genügen, um einen Stachel in Quars Fleisch zu entfernen.

»Schlauer Kleiner Pukah«, sagte Kaug bei sich, »du sollst deine zweiundsiebzig Stunden haben, um den Plan auszubrüten, der sich aus der Schale deines Geists zu befreien sucht. Zweiundsiebzig Stunden, die den Tod des Kalifen und schon bald den Tod – oder die Versklavung – von euch allen bedeuten werden.«

»Zweiundsiebzig Stunden«, erklärte Kaug laut und machte sich, da der Gong beharrlich läutete, ans Verschwinden. Im letzten Augenblick schien ihm noch etwas einzufallen. »Ach, du hast ja auch völlig recht, Kleiner Pukah«, sagte er und grinste, als er einen riesigen Eisenkäfig über den Palast und die Gärten des uralten Dschinn stürzte. »Ihr werdet *wirklich* nirgendwo hingehen!«

# 7

Khardan erwachte aus einem erschöpften Schlaf, den er sich eigentlich nicht hatte gönnen wollen. Er war sofort hellwach. Unbewußt hatte sein Geist ihn vor einer Gefahr gewarnt und nun, da er in dem mageren Schatten kauerte, den ihm eine hohe Sanddüne bot, blickte er um sich, um auszumachen, was seinen Herzschlag beschleunigte.

Er brauchte nicht weit zu blicken. Das ferne, ominöse Geräusch traf ihn sofort. Als er den Kopf nach Westen wandte, in die Richtung, in der sie reisten, erblickte er eine dichte Wolke am Horizont. Es war eine seltsame Wolke, denn sie stieg vom Land auf. Ihre Farbe war merkwürdig – ein fahles Grau, mit Ocker getönt.

Aus der Wolke starrten Khardan zwei riesige, glitzernde Augen an.

»Ein Ifrit«, sagte der Kalif laut, doch niemand hörte ihn. Neben ihm lagen Zohra, die offenkundig schlief, und Mathew. Der Junge war mit dem Gesicht nach unten niedergestürzt, und nichts hatte ihn wieder erwecken können.

Khardan wandte den Blick ab. Wenn der Junge tot sein sollte, hatte er Glück. Wenn nicht, würde er es bald doch noch sein.

Serinda war nicht mehr am Horizont zu erkennen. Vielleicht hatte der Ifrit es auch verschlungen, überlegte Khardan.

Den finsteren Blick auf den Sandsturm gerichtet, fuhr Khardan mit der Hand an den Knauf des Dolchs, den er in seiner Schärpe trug. Seine Dschinnen hatten für den Dolch gesorgt, genau wie für Kleidung und Wasser. Sie hatten an alles gedacht.

Nur nicht an die Niederlage.

Khardan fragte sich, wo Pukah sein mochte. Versklavt vielleicht? Ein Wächter des Totenreichs?

»Wenn dem so sein sollte«, murrte Khardan, »wirst du deinen Gebieter bald wiedersehen!«

Der Tod der Wüste war schrecklich. Es war der Tod der geschwollenen Zunge und der geplatzten Lippen, ein Tod des Schmerzes, des Leidens und des Wahnsinns. Khardan zog seinen Dolch und musterte die scharfe Krummklinge. Er drehte ihn in seiner Hand. Die Sonne, die von der todbringenden gelblichen Wolke noch nicht verdeckt war, brannte auf dem Stahl.

Zohra schlief den Schlaf der Erschöpfung; er weckte sie nicht auf, als er sie sanft auf den Rücken rollte. Khardan saß lange Augenblicke da und betrachtete ihr Gesicht. Er war benommen von der Hitze, und wenn der Sturm auch noch weit entfernt war, so hatte die Luft doch bereits einen fatalen Geschmack, der das Atmen schon erschwerte.

Lang und dicht und schwarz wie sie waren, warfen ihre

Augenwimpern Schatten auf ihre glatte Haut. Khardan strich mit den Fingern darüber, dann streckte er die Hand aus und löste ungeschickt, aber sanft den Schleier und entfernte ihn von ihrem Gesicht.

Der Mund stand offen, ihre Zunge fuhr darüber, als würde sie im Schlafen trinken. Er hob die *Girba*, goß das Wasser – das letzte Wasser – auf die geschwungenen Lippen. Khardan vergoß das meiste; der Sand soff es gierig auf und schien nach mehr zu dürsten.

Bald würde er eine üppigere, wärmere Flüssigkeit zu saufen bekommen.

Zohra lächelte, seufzte und atmete tief und unbeschwert durch. Der Ausdruck strengen Stolzes war auf ihrem Gesicht verschwunden. Khardan hob den Blick. Als der Wind stärker wurde, wurde auch die Wolke größer, kamen die bösartigen Augen in der Wolke immer näher. Entschlossen drehte Khardan das friedliche, ruhige Gesicht von sich.

»Lebewohl, Frau«, sagte er leise. Er fand, daß sie einander eigentlich noch mehr zu sagen hätten, doch es fiel ihm nichts mehr ein. Er war zu müde, zu betäubt von der Hitze. Wenn sie sich im Jenseits wiedertrafen, könnte er ihr es vielleicht erklären, könnte er ihr alles sagen, was ihm auf dem Herzen gelegen hatte.

Der Kalif setzte die Spitze des Dolchs auf die Haut unmittelbar unter Zohras linkem Ohr.

Ein Geräusch – ein klingelndes Geräusch, das Klimpern von Glocken, wie es den Schritt eines Kamels im Sand begleitet – bremste den Todesstoß. Khardan hielt inne; er hob den Kopf, fragte sich, ob der Wüstenwahn ihn bereits gepackt haben mochte.

»Pukah! Sond!« Er wollte es schreien, doch die Worte kamen nur als schmerzhaftes Krächzen aus seiner Kehle. Er erhielt keine Antwort, hörte aber das Läuten sehr deutlich. Wenn das Wahnsinn war, so besaß er auch einen Geruch. Der Kameldúft war unverwechselbar.

Khardan schob den Dolch in die Scheide und erhob sich hastig, um mühsam die nächste Düne zu erklimmen.

Die Arme gegen den Wind gestemmt, blickte der Kalif hinunter und sah vier Kamele, die durch den Sand zogen. Doch da waren keine Dschinnen, die triumphierend über ihnen in der Luft schwebten. Es gab nur einen einzigen Reiter. Von Kopf bis Fuß in Schwarz gehüllt, hielt der Reiter sein Gesicht gegen den Sandsturm bedeckt. Nur seine Augen waren zu sehen, und als der Fremde näher kam, starrten sie Khardan geradewegs an.

Im nächsten Augenblick sah Khardan, wie die Hand des Reiters in sein Gewand fuhr.

Als ihm klar wurde, welch hervorragendes Ziel er auf der Düne bot, fluchte der Kalif und glitt, die Hand an den eigenen Dolch gelegt, hastig hinter den Dünenrand zurück. Aus sicherer Deckung behielt er den Fremden im Blick.

Der Mann in Schwarz machte eine schnelle, geschickte Bewegung. Sonne blitzte auf Stahl. Khardan zuckte zurück, preßte sich instinktiv auf den Boden. Das Messer schlug in den Sand, nur wenige Zoll vor den Nomaden.

Mißtrauisch spähte Khardan nach dem Fremden und wartete auf den Angriff. Der Mann entspannte sich wieder in seinem Sattel. Lässig legte er einen Arm auf das Bein, das er vor sich eingeschlagen hatte, um sein Gleichgewicht zu halten, und wies mit einer Geste auf den geworfenen Dolch. Gegen den wehenden Sand anblinzelnd, lenkte der Kalif seinen Blick von dem Fremden auf die Waffe.

Der Knauf bestand aus Gold, mit eingelegtem Silber, und er war nach einer Art erschaffen, wie er sie selbst einst zu schwarzem Panzer getragen hatte: Zwei Rubinaugen zwinkerten Khardan am abgetrennten Kopf einer Schlange an.

# 8

Auda ibn Jad senkte sein Gesichtstuch und rief gegen den stärker werdenden Sturm: »Ich grüße dich, Bruder!«

Khardan stieg die Düne hinab und blieb in einiger Entfernung vor dem Schwarzen Paladin stehen. Mit verengten Augen stand der Kalif da und rührte sich nicht. Ibn Jad zwang die knurrenden Kamele vorwärts.

»Für einen Mann, der auf den Tod gewartet hat, siehst du nicht sonderlich glücklich aus, mich zu sehen«, schrie er.

»Vielleicht liegt das daran, daß ich den Tod sehe«, erwiderte Khardan.

Auda nahm einen Wasserschlauch vom Sattel und bot ihn dem Nomaden an.

»Ich brauche nichts«, meinte der Kalif, ohne das Wasser anzusehen.

»Ach ja, natürlich. Du hast dich ja an den riesigen Flüssen gütlich getan, die dieses Land durchziehen.« Auda hob die *Girba* an die Lippen und tat einen tiefen Zug. Wasser troff ihm aus den Mundwinkeln in den säuberlich gestutzten schwarzen Bart. Er setzte den Stopfen wieder ein, fuhr sich mit dem Handrücken über die Oberlippe und warf schließlich einen Blick auf den nahenden Sandsturm. »Und an einem so kühlen Tag wie heute hat ein Mann auch keinen Durst, wenn es ...«

»Weshalb bist du hier?« wollte Khardan wissen. »Wie hast du die Burg verlassen?«

Auda blickte zum Himmel hinauf, der immer dunkler wurde. »Ich schlage vor, daß wir zuerst so gut es geht in Dekkung gehen, bevor der Gegner zuschlägt.«

»Sag es mir jetzt sofort, oder wir werden an Ort und Stelle sterben!«

Auda musterte ihn schweigend, dann zuckte er mit den Schultern und beugte sich näher, damit er ihn hören konnte. »Ich bin gegangen, wie du es getan hast, Nomade. Ich habe mein Leben in die Hand meines Gotts gelegt, und er hat es mir zurückgegeben!« Die dünnen Lippen lächelten. »Die Schwarze Zauberin hat meine Hinrichtung gefordert. Ich wurde beschuldigt, Gefangenen zur Flucht verholfen zu haben, und man fragte mich, ob ich etwas zu meiner Verteidigung vorzubringen habe. Ich sagte, daß du und ich das Blut geteilt hätten. Wie Brüder von Geburt sei unser Leben eins dem anderen verpfändet. Das hatte ich geschworen, vor dem Gott, vor Zhakrin.«

»Die haben dir geglaubt?«

»Sie hatten keine andere Wahl. Der Gott selbst, Zhakrin, ist vor ihnen erschienen. Er ist schwach, seine Gestalt verändert sich ständig. Aber er ist zu uns zurückgekehrt«, sagte Auda in gelassenem Stolz, »und die Kraft unseres Glaubens steigert täglich seine Macht!«

Dieses böse Volk hatte nie in seinem Glauben geschwankt, selbst als es so aussah, als habe ihr Gott sie auf alle Zeiten verlassen. Und jetzt wurde er stärker. Unser Gott, Akhran ... verwundet ... im Sterben. Khardan errötete voller Unbehagen, dann streckte er die Hand vor und nahm dem Schwarzen Paladin den Wasserschlauch ab. Er trank nur wenig, doch Auda wies mit einem Winken der Hand auf seine Kamele. »Nimm dir, was du brauchst. Es gibt noch mehr.«

»Es sind noch andere in meiner Obhut«, erwiderte Khardan.

Ein Funken flackerte tief in Audas dunklen Augen.

»Dann haben die beiden, die mit dir waren, also überlebt? Die schöne schwarzhaarige Wildkatze, deine Frau, und die sanfte Blumenblüte? Wo sind sie?«

»Sie liegen auf der anderen Seite.« Khardan bedeckte Mund und Nase mit dem Tuch gegen den wehenden Sand, als er kehrtmachte und begann, die Düne hinaufzusteigen, während er sich fragte, weshalb die Lobpreisung Zohras durch den Schwarzen Paladin auf ihn wirkte wie ein Funken auf trockenen Zunder.

Auda zog kräftig am Zügel des Kamels, rief Befehle und ließ die widerspenstigen Tiere am Fuß der Düne niederknien, wo sie etwas Schutz vor dem heftigen Sturm finden konnten.

Zohra war wach. Sie hatte ihre Stimmen vernommen und begann bereits, die Düne hinaufzuklettern, um sie zu begrüßen.

»Mat-hew!« rief Khardan, zeigte und bedeutete mit einem Winken der Hand, daß Zohra den Jungen mitbringen solle.

Sie verstand ihn und glitt hinunter, um ihn zu holen. Die Hand auf seine Schulter gelegt, schüttelte sie ihn hart. Sie bekam keine Reaktion und blickte hilflos zu Khardan hinauf.

Der Ifrit heulte wild, Sand wirbelte um sie auf, bis sie fast nichts mehr erkennen konnten. Khardan glitt die Düne hinunter, erreichte Zohra. Gemeinsam stießen und schrien sie den jungen Mann an, bis es ihnen gelang, ihn zu wecken und ihm zu bedeuten, daß er die Düne erklimmen müsse, um dem Sturm zu entgehen.

Benommen und ohne etwas zu begreifen, tat Mathew, was von ihm verlangt wurde, reagierte auf die Hände, die ihn mitschleppten und auf die Stimmen, die ihn anbrüllten. Als er den Kamm überwunden hatte, sackte er zusammen und glitt den Hang hinab. Auda fing ihn auf und trug ihn zu den Kamelen hinüber. Er setzte den Jüngling mit dem Rükken an die Flanken der Tiere, wo er vor dem wehenden Wind geschützt war, warf eine Decke über ihn und kehrte zurück, um Zohra zu helfen.

Mit lodernden dunklen Augen wich sie vor Auda zurück, als er ihre Hand nehmen wollte, und stolperte durch den Sand, um ihrerseits neben Mathew in Deckung zu gehen. Sie weigerte sich sogar Wasser anzunehmen, bis Khardan es aus der Hand des Paladin nahm und ihr reichte.

Achselzuckend lehnte sich Auda gegen sein Kamel. Khardan ließ sich neben ihm nieder.

»Das ist nutzlos«, schrie er. »Wir können nicht gegen einen Ifrit ankämpfen!«

»Ja, aber wir kämpfen nicht allein«, erwiderte Auda gelassen.

Als er erschrocken an den Himmel blickte, sah Khardan, daß die Augen in der Sturmwolke nicht länger ihn anschauten, sondern etwas auf eigener Höhe, etwas, das er nicht ausmachen konnte. Eine kräftige Brise, kühl und feucht, erhob sich und blies gegen den Ifrit an. Der Sand um sie wurde von den sich bekämpfenden Winden aufgewirbelt. Die Kamele boten dem Sturm gleichmütig die Stirn. Die Menschen kauerten sich unter die Decken.

Abrupt zog sich der Ifrit zurück. Die Winde hörten auf zu heulen, der Sand brach sein gespenstisches Wimmern ab. Khardan bewegte sich, schob einen Sandhaufen beiseite, der ihn bedeckte, und hob den Kopf.

»Entweder glaubt der Ifrit, daß wir tot sind, oder er hat beschlossen, uns in Ruhe zu lassen, damit uns die Sonne erledigt«, stellte er fest. »Die Kreatur ist fort.«

Auda antwortete nicht. Die Augen des Paladins waren geschlossen, und der Kalif vernahm gedämpftes Murmeln hinter den Falten des *Haik*.

Er betet, begriff Khardan. »Es war also tatsächlich dein Gott, der dich hat ziehen lassen«, sagte er, als ibn Jad die Augen öffnete und nach der *Girba* griff.

»Meine Ehre gebietet mir, meinem Schwur die Treue zu halten«, erwiderte Auda, spülte den Mund mit Wasser und spie es aus. »Zhakrin hat befohlen, daß ich freigesetzt werde. Frei ... um einen weiteren Schwur zu halten – einen Schwur, den ein anderer Bruder geleistet hat.«

»Ich glaube, um diesen Schwur weiß ich.« Khardan nahm die *Girba* entgegen und trank.

»In jener Nacht hat man dir davon erzählt ...«

Die erste Nacht auf Burg Zhakrin. Der Kalif war – als Gefangener – bei einer Zusammenkunft der Schwarzen

Paladine zugegen gewesen und hatte dort die Geschichte vernommen, die Auda nun wiederholte.

»Sterbend zu Füßen des verfluchten Priesters des Quar, sterbend an Wunden, die er sich von eigener Hand zugefügt hatte, damit die Kafiren nicht sein Leben, ihr Gott nicht seine Seele beanspruchen konnten, hat Catalus, mein Bruder in Zhakrin, den Blutfluch unseres Gotts über den Imam verhängt. Ich wurde auserwählt, diesen Fluch einzulösen.«

Khardans Blick fuhr von der ausdruckslosen Miene des Manns zu dem goldsilbernen Griff, der aus seiner Schärpe hervorragte. »Der Dolch eines Attentäters?«

»Ja. Benario, der Gott der Schleichenden, hat ihn gesegnet.«

Khardan schüttelte den Kopf. »Du bist ein Narr.« Mit dieser Erklärung lehnte er sich etwas bequemer gegen das Kamel und schloß die Augen.

Auda grinste. »Dann reise ich mit einer Gruppe von Narren. Was glaubst du, wie ich euch hier gefunden habe? Wie kommt es wohl, daß ich ausreichend Wasser für drei mit mir führe, oder daß ich drei Reitkamele mitgebracht habe?«

Khardan zuckte mit den Schultern. »Das ist leicht. Du bist unserer Spur durch den Sand gefolgt. Und was die Kamele betrifft, vielleicht magst du ja ihre Gesellschaft!«

Auda lachte – ein Geräusch wie platzendes Felsgestein. Seinem glatten Gesicht und den grausamen kalten Augen nach schien er nicht oft zu lachen. Seine Heiterkeit endete schnell – Felsen, die einen Klippenhang hinunterrollten und in einer Schlucht der Finsternis verschwanden. Auda beugte sich näher zu dem Kalifen und ergriff ihn am Arm.

»Zhakrin hat mich geführt!« zischte er, und Khardan spürte den heißen Atem an seiner Wange. »Zhakrin hat mir aufgetragen, euch zu folgen, und Zhakrin war es auch, der Quars Ifrit verjagte! Einmal mehr habe ich dir das Leben gerettet, Nomade. Ich habe meinen Teil des Schwurs gehalten. Jetzt wirst du deinen für mich halten!«

# 9

Unruhig durchschliefen sie den Tag, vor der sengenden Hitze durch ein kleines Zelt geschützt, das von dem *Djemel*, Audas Lastkamel, mitgeführt wurde. Bei Sonnenuntergang aßen sie geschmackloses, ungewürztes Brot, das ebenfalls von dem Schwarzen Paladin zur Verfügung gestellt wurde, tranken sein Wasser, dann bereiteten sie den Abmarsch vor. Sie sprachen nur wenig.

Obwohl sie äußerst neugierig war, warum Auda ihnen das Leben gerettet hatte, konnte Zohra den Kalifen nicht nach ihm befragen, und Khardan, der grimmig und mit strenger Miene Schweigen bewahrte, erbot sich nicht, sie aufzuklären. Es war unschicklich für eine Frau, ihren Mann auszufragen, und wenn sich Zohra auch nur wenig um solche Sitten kümmerte, hegte sie doch ein merkwürdiges Zögern, vor dem Schwarzen Paladin dagegen zu verstoßen. Sie hielt die Augen gesenkt, wie es sich gehörte, und wenn sie den kleinen Pflichten nachging, die die Zubereitung ihres kargen Mahls verlangten, entging ihr nie, daß ibn Jad sie beobachtete.

Wäre Lust oder Verlangen in die dunklen Augen geschrieben oder auch nur empörter Zorn, wie sie es von Khardan gewöhnt war, hätte Zohra es verächtlich abgetan. Aber der Blick des Paladins, der keinerlei Gefühl bezeugte, brachte sie aus der Fassung. Sie ertappte sich dabei, wie sie ihm öfter, als sie vorgehabt hatte, verstohlene Blicke zuwarf in der Hoffnung, irgendein Glänzen in diesen Augen zu erblicken, irgendeinen Hinweis auf seine Absichten zu bekommen. Wann immer sie das tat, fand sie zu ihrer Beunruhigung ihren Blick erwidert.

Sie hätte Mathew flüsternd von ihren Zweifeln und Befürchtungen Mitteilung machen können, doch der junge Mann benahm sich außerordentlich seltsam. Er erwachte nur langsam und bewegte sich schwerfällig umher, blickte wie betäubt um sich und nahm die Gegenwart Auda ibn Jads ohne Überraschung oder Kommentar wahr. Er trank so viel, wie sie ihm gestatteten, verweigerte aber feste Nahrung und legte sich wieder hin, als die anderen aßen. Erst als ibn Jad seine Schulter schüttelte, um ihn zu wecken, und die Zeit zum Aufbruch gekommen war, reagierte Mathew auf den Mann; er wich vor seiner Berührung zurück und starrte ihn mit verwirrten, glitzernden Augen an.

Doch folgte Mathews unterwürfig ibn Jad, als ihm aufgetragen wurde, sich zu erheben und das Zelt zu verlassen. Gehorsam bestieg er das Kamel.

Zohra beobachtete Mathews merkwürdiges Verhalten mit Sorge, und wären sie allein gewesen, hätte sie Khardans Aufmerksamkeit darauf richten können. Khardan aber mied sie, und Zohra bewahrte das Schweigen.

»Wir werden Serinda vor Morgenanbruch erreichen«, verkündete Auda, als sie in die sich schnell abkühlende Nachtluft hinausritten. »Es ist gut, daß ich gekommen bin, Bruder. Denn selbst wenn ihr es lebendig durch den Sonnenamboß bis Serinda geschafft hättet, so wärt ihr doch in der Stadt des Todes mit Sicherheit gestorben. Es gibt kein Wasser in Serinda.«

»Wie kann das sein?« fragte Khardan ungläubig. Es waren die ersten Worte, die er bisher geäußert hatte. »Sie müssen tiefe Brunnen gegraben haben, um Wasser für so viele zu besorgen. Wie könnten Serindas Brunnen da jemals austrocknen?«

»Gegraben?« Auda drehte sich in seinem Sattel zu Khardan um, der neben ihm ritt; er wirkte amüsiert. »Die haben keine Brunnen gegraben, Nomade. Das Volk von Serinda hat Maschinen benutzt, um Wasser aus der Kurdinischen See zu pumpen. Das Wasser strömte große Kanäle entlang, die hoch in der Luft standen und sich in *Hauz* ergossen, damit die Stadt Gebrauch davon machen konnte. Ich habe sagen hören, daß diese Kanäle manchmal sogar dazu benutzt werden konnten, um das Wasser direkt in das Heim eines Manns zu führen.«

»Wirklich schade, daß wir keine Kinder dabei haben«, bemerkte Khardan. »Sie wären fasziniert von solchen Lügen. Ich nehme an, als nächstes wirst du mir erzählen, daß dieses Volk von Serinda Fischleute waren, die Salzwasser tranken.«

Auda schien nicht erzürnt über diese Reaktion auf seine Geschichten. »Die Kurdinische See war nicht immer salzig, jedenfalls haben das die weisen Männer am Hof zu Khandar gelehrt. Ob es nun stimmt oder nicht, ich wiederhole jedenfalls hiermit, daß wir in Serinda kein Wasser finden werden. Allerdings gibt es dort Schutz vor der Sonne. Wir können den morgigen Tag in Sicherheit hinter seinen Mauern verbringen, um dann in der nächsten Nacht weiterzureisen. Wir haben genug Wasser für diese Spanne, aber nicht für länger. Am folgenden Tag, wenn wir dein Lager um den Tel erreicht haben, können wir dein Volk in den Krieg gegen Quar führen. Ich nehme an ...« Auda richtete seinen flachen, glitzernden Blick auf Khardan. » ... daß deine eigenen Brunnen noch nicht völlig versiegt sind?«

Es war offensichtlich, daß er nicht von Wasser sprach.

»Die Brunnen meines Volks sind tief und rein!« entgegnete Khardan, der die Anspielung zwar verabscheute, sich aber nicht traute mehr zu sagen, da die Bemerkungen des Paladins ziemlich genau ins Schwarze getroffen hatten. Er schlug mit der Kamelgerte über die Schulter des Tiers, trieb ihm die Hacken in die Flanken, um die Führung zu übernehmen.

Zohra ritt hinter den Männern her, dabei bemerkte sie, daß Auda abschätzend Khardan musterte. Ihre Finger krallten sich um die Zügel. Bis zu diesem Augenblick hatte sie noch nie echte Angst in der Stimme ihres Mannes vernommen.

# 10

Es war in den dunklen Schatten der Mauern von Serinda, als der östliche Himmel sich langsam erhellte, da Mathew aus seinem Sattel stürzte und wie tot im Sand liegenblieb.

Mehr als einmal während des langen Ritts hatte Zohra mitangesehen, wie der Kopf des jungen Manns nach vorn gesunken war. Dann war sie neben ihn geritten, hatte mit der Kamelgerte ausgeholt und ihm einen Hieb über die Schultern verpaßt. Der Stock schnitt sich wie eine Peitsche durch Tuch und Fleisch – ein schmerzhaftes, aber wirkungsvolles Mittel, einen Reiter zu wecken. Mathew war aufgefahren. In der sternenbeschienenen Dunkelheit konnte sie sehen, wie er sie verwundert anblickte. Sie bewegte ihr Tier wieder hinter seins, wobei sie die Hand an die verschleierten Lippen legte, um ihn zum Schweigen anzuhalten. Khardan würde wenig Geduld mit einem Mann aufbringen, der nicht auf einem Kamel sitzen bleiben konnte.

Zohra hatte gesehen, wie Mathew zur Seite zu kippen begann, als sie Serinda erreichten, doch hatte sie ihr Kamel nicht schnell genug vorantreiben können, um ihn aufzufangen. Sie kniete neben ihm nieder. Eine Berührung ihrer Hand bestätigte ihr, was sie schon seit langem geargwöhnt hatte.

»Das Fieber«, sagte sie zu Khardan.

Khardan hob den jungen Mann in seine Arme und trug ihn durch die Tore von Serinda. Halb unterm Sand begraben, standen diese Tore, die einst alle Feinde abgehalten hatten, nun schutzlos dem einen Gegner gegenüber, den niemand besiegen konnte – der Zeit.

Pukah hätte in dieser Stadt nicht jene wiedererkannt, in der er seine Heldentaten vollbracht hatte. Quars Zauber hatte dafür gesorgt, daß sie den Unsterblichen so erschien, wie sie sie sehen wollten – als ausschweifende Stadt voll wimmelndem Leben und plötzlichem Tod. Vom Sand erstickte Straßen waren da, Straßen, die einst von vielen Menschen bevölkert wurden. Türen, die hier von ihren rostigen Scharnieren fielen, waren einst bei Schlägereien zerstört worden. Der Wind, der durch leere, staubbedeckte Zimmer wisperte, war ihnen das wispernde Gelächter unsterblicher Liebender gewesen. Nachdem der Zauber gebrochen war, streifte die Todin einmal mehr über die Welt, und Serinda war eine Stadt, die selbst *Sie* schon vor langer Zeit verlassen hatte.

Auda führte sie durch die leeren Straßen zu einem Gebäude, von dem er sagte, daß es einst das Heim einer reichen, mächtigen Familie gewesen sei. Zohra, deren einziges Anliegen es war, eine Unterkunft für Mathew zu finden, widmete den Badebecken aus bunten Intarsienkacheln und den Überresten von Statuen keine Aufmerksamkeit; nur daß sie vielleicht schockiert bemerkte, daß die dargestellten Körper alle vollständig nackt waren.

Zohra machte sich zuviel Sorgen um Mathew, um sich geschnitztem Gestein zu widmen. Als Khardan ihn in seine Arme gehoben hatte, hatte Mathew ihn angeblickt, ohne ihn wiederzuerkennen. Der junge Mann hatte in einer Sprache gesprochen, die keiner von ihnen verstanden hatte, und seine gelegentlichen Schreie machten offensichtlich, daß das, was er da sagte, wohl keinen allzu großen Sinn ergab.

Als sie das weitläufige Gebäude durchsuchten, entdeckten sie schließlich einen Raum, dessen Mauern noch intakt waren. Er lag im Inneren des großen Hauses und würde Schutz vor der Mittagshitze bieten.

»Das genügt«, sagte Zohra und trat ein paar größere Gesteinsbrocken beiseite, die über den Boden verteilt dalagen. »Aber er kann nicht auf dem harten Stein liegen.«

»Ich gehe Bettzeug suchen«, erbot sich Auda ibn Jad. Lautlos wie ein Schatten schlüpfte er aus dem Raum.

Sonnenstrahlen fielen durch einen Riß in der Decke ein. Das Licht glänzte in Mathews flammendrotem Haar, berührte das bleiche Gesicht, glitzerte in den vom Fieber glasigen Augen, die nur Dinge anschauten, die er allein sehen konnte. Khardan trug ihn mühelos. Der Kopf des jungen Manns rollte gegen die kräftige Schulter des Nomaden; eine zuckende Hand hing über den Arm des Kalifen.

Als sie näher herantrat, um Mathew eine Locke von der heißen Stirn zu streichen, fragte Zohra in leisem, angespanntem Tonfall: »Weshalb ist dieser Mann gekommen?«

»Dank sei Akhran, daß er es getan hat«, erwiderte Khardan, ohne sie dabei anzusehen.

»Ich hatte keine Angst zu sterben«, erwiderte Zohra gelassen, »nicht einmal dann, als ich die Spitze deines Dolchs auf meiner Haut spürte.«

Khardan richtete überrascht den Blick auf sie. Sie hatte gar nicht geschlafen! Sie hatte begriffen, was er zu tun vorgehabt hatte, und weshalb er es hatte tun müssen, und sie hatte sich dazu entschieden, es ihm nicht schwerzumachen. Sie hätte, ohne zu zögern, ohne zu protestieren, den Tod aus seiner Hand empfangen. Akhran mochte wissen, wieviel Mut das bedurft hatte!

Von Ehrfurcht erfüllt, konnte Khardan sie nur wortlos ansehen. Mathew rührte sich in seinen Armen und stöhnte. Zohra streckte die Hand aus, um die Wange des Jungen zu streicheln. Ihre dunklen Augen hoben sich, blickten in Khardans.

»Dieser Mann?« setzte sie leise nach. »Der ist böse! Weshalb ...«

»Ein Schwur«, erwiderte Khardan. »Ich habe einen Schwur abgelegt ...«

Ein Geräusch warnte sie vor der Rückkehr des Schwarzen Paladins. Er zog einen mit Wolle gestopften Sack hinter sich her.

»Er ist schmutzig. Vor uns haben andere ihn zu den unterschiedlichsten Zwecken benutzt«, sagte Auda. »Aber es ist alles, was ich finden konnte. Ich habe ihn draußen auf der Straße ausgeschüttelt und einige Bewohner dabei vertrieben, die nicht allzu glücklich darüber waren, nun wieder obdachlos zu sein. Aber wenigstens wird Blumenblüte jetzt nicht auch noch Skorpionstiche zu seinen Sorgen zählen müssen. Wo soll ich den Sack hinlegen?«

Wortlos wies Zohra auf die kühlste Ecke des Raums. Auda warf den Sack auf den Boden. Zohra breitete eine Kamelhaardecke darauf aus, dann bedeutete sie Khardan, Mathew abzulegen. Sanft ließ der Kalif den leidenden jungen Mann auf das Lager gleiten. Die weitaufgerissenen Augen des Jünglings starrten sie wirr an; er sagte etwas und versuchte matt, sich aufzurichten, konnte aber kaum den Kopf heben.

»Wird er morgen früh wieder gesund sein?« fragte ibn Jad.

Zohra kniete neben dem Patienten und schüttelte den Kopf.

»Dann frage ich anders«, fuhr der Schwarze Paladin fort. »Wird er morgen früh tot sein?«

Zohra wandte den Kopf; ihre dunklen Augen blickten Auda ibn Jad zum erstenmal an, seit er sich ihnen angeschlossen hatte. Lange musterte sie ihn stumm; dann fuhr ihr Blick zu Khardan hinüber. »Bring Wasser«, befahl sie – es war das Recht einer Frau, Befehle zu erteilen, wenn sie gegen Krankheit kämpfte.

Die beiden Männer verließen das Gebäude, schritten durch Serindas stumme Straßen, um die Kamele zu holen, die sie unmittelbar hinter den Toren angebunden hatten.

Auda nahm sein Tuch vom Gesicht, glättete sich den Bart und schüttelte bedauernd den Kopf. »Ich schwöre bei Zhakrin, Nomade, daß ich ein Gefühl hatte, als würde das Feuer in ihrem Blick mir das Fleisch verbrennen! Diese Narbe werde ich für den Rest meines Lebens mit mir tragen.«

Khardan ging ohne Antwort weiter, der *Haik* bedeckte sein eigenes Gesicht, und jede Spur seiner Gedanken verlor sich im Schatten des Tuchs. Auda hob eine Augenbraue und lächelte. Dann wurde er ernster, als er eine schlanke Hand auf Khardans Arm legte.

»Locke sie unter irgendeinem Vorwand fort. Es braucht nicht lange zu sein.«

»Nein.« Khardan setzte seinen Marsch fort, den Blick nach vorn gerichtet.

»Es gibt Verfahren, die keine Spuren hinterlassen. Der Junge ist dem Fieber erlegen. Sie wird es nie erfahren. Mein Freund ...« Auda sprach etwas lauter, um Khardan zu erreichen, der weiterhin vor ihm davonging. »Entweder stirbt Blumenblüte jetzt, oder wir sterben alle in ein paar Tagen, wenn das Wasser aufgebraucht ist.«

Khardan machte eine schnelle, zornige Geste mit der Hand.

»Mein Gott wird keine Verzögerung meines Auftrags dulden!« rief ibn Jad.

Khardan kam zu den Toren, wo die Kamele voller Ungeduld warteten.

Auda blieb stehen, die Arme vor der Brust verschränkt.

»Wenn du morgen früh nicht gleich zwei Tote vorfinden willst, Nomade, wirst du deine Frau aus diesem Raum führen und sie draußen halten.«

Khardan blieb stehen, seine Hand ruhte auf dem gesplitterten Holz des Tores. Er drehte sich nicht um. »Wie lange«, fragte er abruput, »wirst du brauchen?«

»Eintausend Herzschläge«, erwiderte Auda ibn Jad.

## 11

Mit leisem Schritt betrat Khardan das Haus, das sie in Serinda bezogen hatten, und bewegte sich stumm durch die Schatten. Dem Nomaden, der sich ohnehin immer unwohl zwischen Mauern fühlte, war bei dem Gedanken unbehaglich zumute, daß er ohne dessen Erlaubnis oder Wissen durch das Haus eines anderen schritt. Ein Heim war ein heiliger, unantastbarer Ort – man hatte es mit Anstand zu betreten und mit Anstand wieder zu verlassen. Und obwohl diese Behausung schon vor Hunderten von Jahren geplündert und ihrer wertvollen Besitztümer beraubt worden war, waren doch die einfachen Alltagsgegenstände dieses unbekannten Volks in der trockenen Wüstenluft so gut erhalten geblieben, daß es Khardan schien, als müßten die Besitzer jeden Augenblick zurückkehren – die Frauen, um die Zerstörung zu bejammern, die Männer, um erzürnt nach Rache zu rufen.

Der Nomade hat ein wenig ausgeprägtes Zeitgefühl. Veränderung bedeutet ihm nichts, da sich sein Leben täglich verändert. Der Nomade ist der Mittelpunkt seines eigenen Universums; er ist sein eigenes Universum selbst. Das muß er sein, um in dieser harten Welt überleben zu können. Der Tod Tausender in einer nahegelegenen Stadt bedeutet ihm nichts. Stiehlt man ihm ein Schaf aus seiner Herde, zieht er in den Krieg. Als er zwischen diesen Mauern stand, hatte Khardan einen plötzlichen Einblick in die Zeit, in das Universum und seine eigene Stellung darin. Er war nicht mehr der Mittelpunkt, der Mann, für den die Sonne täglich aufging, der Mann, für den die Sterne schienen. Er war ein Staubkorn wie Millionen andere. Die Sterne hatten ihn nie gekannt, und die Sonne würde eines Tages ohne ihn aufgehen.

Der Mann, der vor langer Zeit über diese buntbemalte Kachel geschritten war, hatte sich einst für den Mittelpunkt des Universums gehalten. Das Volk, das diese Stadt erbaute, wußte, daß es die Speerspitze der Zivilisation war. Sie hatten von ihrem Gott gewußt, daß er der eine wahre Gott war.

Und nun war dieser Gott namenlos, vergessen, wie die Menschen, die ihn verehrten.

Alles, was verblieben war, gehörte der Erde, Sul, den Elementen. Die Steine, über die Khardan schritt, waren schon vor dem Menschen auf der Welt. Vom Menschen benutzt, vom Menschen bearbeitet, vom Menschen gesetzt, würden sie noch hier sein, wenn der Mensch gegangen war.

Der Gedanke war beängstigend. Die Finger des Kalifen fuhren über die glatte Oberfläche des behauenen Fels, spürten seine Beschaffenheit, die Kühle im Stein, spürten hier und dort die kleinen Einbuchtungen, wo eine Hand mit einem Meißel ausgerutscht war.

Mit ernster Miene schritt er durch das Haus, in dem die Schatten willkommener zu sein schienen als er, und betrat leise den Raum, in dem Mathew lag.

Zohra blickte Khardan an, als er eintrat, und wandte den Blick wieder ab. Dann wischte sie dem Jungen das fiebernde Gesicht mit einem feuchten Tuch ab.

»Du solltest das Wasser nicht vergeuden«, sagte Khardan in einem härteren Ton, als er beabsichtigt hatte. Sollte sie das Leid doch so gut lindern, wie sie konnte. Was spielte es schließlich noch für eine Rolle? Er wies sich selbst zurecht, doch es war zu spät.

»Du bist müde, Zohra. Warum gehst du nicht schlafen?« fragte er ausdruckslos. »Ich werde mich um den jungen Mann kümmern.«

Er sah sie zusammenzucken, die Schultern zurückreißen, dann richtete sie sich wieder auf. Sie drehte sich zu ihm um, und er stellte sich darauf ein, mit ausdrucksloser Miene den dunklen Augen zu begegnen, die ihm in die Tiefen seiner Seele blickten. Geduldig wartete er darauf, daß ihr Zornessturm über ihn hereinbrach. Doch sie ließ den Kopf hängen und das Tuch aus den Händen ins Wasser fallen. Zohra hob das Gesicht, um an den Himmel zu blicken, nicht um zu beten, sondern um die Tränen zurückzuhalten.

»Er will ihn töten, nicht wahr?«

»Ja.« Mehr konnte Khardan nicht dazu sagen.

»Und du wirst es geschehen lassen!« Es war eine Anschuldigung, ein Fluch.

»Ja«, erwiderte Khardan gefaßt. »Würdest du ihn allein seiner Krankheit überlassen, damit das Fieber ihn verbrennt, oder damit er sich in seinem Wahn verletzt oder von irgendeinem Tier gerissen wird ...«

»Nein!« Zohra funkelte ihn an.

»Willst du mit ihm sterben?« setzte Khardan nach. »Unser

Volk im Stich lassen, jetzt, da wir nur noch zwei Tagesritte von ihm getrennt sind? Soll alles, was wir durchgemacht haben, umsonst gewesen sein? Soll alles, was er erreicht hat, umsonst gewesen sein?«

»Ich ...« Die Worte erstarben auf bebenden Lippen. Dann fielen die Tränen und glitten ihre Wange hinab.

Khardan kniete neben Zohra nieder. Er wollte sie in die Arme nehmen und mit ihr seine eigene Trauer teilen, seine Wut und Furcht, die ihn in den leeren, stummen Gängen des toten Hauses überwältigt hatte. Seine Hand schob sich vor, um sie zu berühren, doch in diesem Augenblick reckte sie stolz das Kinn vor und wischte sich schnell über die Augen.

»Du wirst ibn Jad töten«, sagte sie entschieden.

»Das darf ich nicht. Ich habe einen Eid geleistet«, erwiderte Khardan. »Außerdem könnte ich niemanden töten, der mir zweimal das Leben gerettet hat.«

»Dann werde ich ihn töten. Gib mir deinen Dolch.« Die dunklen Augen blickten ihn herausfordernd an.

Khardan senkte sein Gesicht, um ein Lächeln zu verbergen. »Das würde die Angelegenheit nicht lösen«, sagte er ruhig. »Dann wäre Mathew immer noch krank. Wir hätten immer noch nicht mehr als Wasservorräte für drei Tage und keine Möglichkeit, neue zu beschaffen, wenn sie verbraucht sind. Und wir werden zwei Tage brauchen, um den Tel zu erreichen.«

Sie konnte nicht antworten, sah ihn aber mit dem Zorn an, den Menschen auf jemanden hegen, der eine unangenehme Wahrheit ausspricht.

Mathew wand sich und stöhnte. Mit einer Sanftheit, die nur wenige jemals zu sehen bekamen, streckte Khardan die Hand aus und legte sie auf die Stirn des Jungen.

»Ruh dich aus«, murmelte er, und ob es nun an der Berührung lag oder am Klang der geliebten Stimme, die das Grauen des Deliriums durchstieß, Mathew beruhigte sich jedenfalls. Die geschundenen Glieder entspannten sich. Doch das würde nur vorübergehend so sein.

Khardan fuhr fort, die bleiche Haut zu streicheln, die sich so trocken und heiß anfühlte wie eine Sandschlange.

»Er wird schnell und schmerzlos aus diesem Leben treten. Sein Leiden wird endlich ein Ende haben. Wir werden ihm keinen schlechten Dienst erweisen, Zohra. Du weißt ebenso wie ich, daß er nicht glücklich damit ist, unter uns zu leben.«

»Und wessen Schuld ist das wohl?« fragte Zohra mit leiser, bebender Stimme. »Wir haben auf ihn heruntergesehen und ihn verhöhnt und verachtet, weil er sich als Frau verkleidete, um zu überleben. Aber jetzt wissen wir selbst, wie das ist, an einem fremden und feindseligen Ort allein und hilflos zu sein! Haben wir uns etwa besser betragen? Dieser böse Ritter mag uns zwar bei der Flucht geholfen haben, doch es war Mat-hew, der dich gerettet hat ...«

»Hör auf, Frau!« rief Khardan und erhob sich wieder. »Jedes Wort, das du sagst, ist ein Messer in meinem Herzen, und du fügst mir keine Wunden zu, die ich nicht schon selbst empfunden hätte! Aber ich habe keine Wahl! Ich habe die beste Entscheidung getroffen, die ich treffen konnte. Wenn kein Wunder geschieht und Wasser von den Händen Akhrans stürzt ...« Khardan zeigte auf Mathew. » ... dann muß der Junge sterben. Wenn du hierbleibst und versuchst ihn daran zu hindern, wird ibn Jad keine Skrupel haben, auch dich zu töten.« Khardan streckte ihr die Hand entgegen. »Ich habe dem Jungen in der Wüste das Leben gerettet. Wir sind einander nichts mehr schuldig. Wirst du nun kommen und dich vor dem nächsten Nachtritt ausruhen?«

Zohra warf Khardan einen letzten, bohrenden Blick zu, ein Blick, der von Haß und Zorn und Enttäuschung gefärbt war. Dann wrang sie das Wasser aus dem Tuch und legte es sanft auf Mathews Stirn; schließlich erhob sie sich.

»Ich werde schlafen«, sagte sie tonlos und ging an Khardan vorbei, ohne ihn eines weiteren Blicks zu würdigen.

Seufzend sah er ihr nach, wie sie durch die Gänge des

Hauses schritt, dann blieb er lange Zeit stehen und blickte auf Mathew herab.

»Was sie sagt, ist wahr«, teilte er dem bewußtlosen Jungen leise mit. »Jetzt begreife ich dein Unglück, und es tut mir leid.«

Er wollte noch etwas anderes sagen, seufzte und machte abrupt kehrt.

»Es tut mir leid!«

## 12

Zohra wählte eins der vielen Zimmer neben Mathews und verbarg sich in den Schatten, die auf den Steinmauern spielten. Sie hielt die Luft an, als sie sah, wie der Kalif aus der Tür trat. Er blieb stehen, hob die Hände an die Augen, rieb sie und ging kopfschüttelnd den Gang weiter, der Tür entgegen, die hinausführte.

Er lief ganz nah an ihr vorbei. Zohra sah, daß sein Gesicht von Müdigkeit und Sorge gezeichnet war, die Stirn von einem Zorn gefurcht, von dem sie wußte, daß er sich gegen ihn selbst richtete.

»Das ist nicht seine Schuld«, flüsterte sie reumütig, als sie sich an den Blick erinnerte, den sie ihm zugeworfen hatte, als sie gegangen war. »Wenn überhaupt, so liegt die Schuld bei mir, denn ohne meine Einmischung würde er jetzt ehrenvoll mit *Hazrat* Akhran durch die Himmel reiten. Aber es wird schon alles gut werden«, versprach sie ihm stumm, als er an ihr vorüberschritt. »Vielleicht sollte ich es ihm sagen. Was würde es schaden? Aber nein, er würde versuchen, mich daran zu hindern ...«

Sie hatte einen Schritt auf ihn zu gemacht, der Tür entgegen. Sie hörte nicht das Geräusch der verstohlenen Bewegung hinter ihr, noch bemerkte sie, daß noch ein anderer außer ihr sich diesen Raum zum Versteck gesucht hatte, als plötzlich ein Körper gegen sie prallte, sie in eine Ecke drückte und eine feste Hand sich über Mund und Nase legte.

Khradan blieb stehen und lauschte.

Die Hand packte sie noch fester; die kalten Augen teilten ihr mit, daß die kleinste Bewegung ihren Tod bedeutete.

Zohra blieb ganz still stehen, und Khardan ging niedergeschlagen seiner Wege.

Die kalte Hand löste sich erst, als die Schritte des Nomaden in der Ferne verhallten.

»Er wird draußen schlafen, wo er die frische Luft atmen kann. Ich kenne ihn, weißt du.« Die Hand glitt von ihrem Mund hinunter, um sich sanft um ihren Hals zu legen. Zohra starrte, entsetzt und doch auch fasziniert, in die ausdruckslosen Augen vor ihr. »Er ist nicht weit. Du könntest ihn mit einem Schrei herbeirufen. Aber das würde dir nichts nützen.« Sanft berührte die Hand ihre Kehle. »Meine Finger hier ... und hier ... und du bist tot. Ich habe ihm gesagt, daß ich gezwungen wäre, dich zu töten, wenn du dich einmischen solltest, und er hat dich gewarnt. Ich habe ihn gehört. Ihn wird man von deinem Tod reinwaschen.«

Diese Augen ließen keinen Zweifel zu.

»Ich werde nicht schreien«, sagte Zohra flüsternd.

»Gut.«

»Dann warte hier und verhalte dich still, wie du es versprochen hast«, sagte ibn Jad und machte einen Schritt auf die Tür zu, die in das Krankenzimmer führte. Im Innern war Mathew zu hören, wie er sich in seinen Fieberkrämpfen wälzte. »Er wird nicht leiden, das verspreche ich dir. Tatsächlich wird sein Leid dadurch sogar ein Ende finden. Unser Gott wartet darauf, ihn für seine Tapferkeit zu belohnen, wie es auch sein eigener Gott tut. Bewege dich nicht. Ich komme zurück. Ich muß etwas mit dir besprechen ...«

»Nein!« Zohra konnte nicht glauben, daß es ihre eigene Stimme war, die sie da hörte, ihre Hand, die da nach vorn fuhr und den starken, sehnigen Arm des Schwarzen Paladins ergriff. Sie hielt ihn fest. »Bitte. Töte ihn nicht. Noch nicht! Ich ... will zu Akhran beten ... zu meinem Gott ... um ein Wunder!«

Wie hatte sie wissen können, daß diese Bitte Auda ibn Jad anrühren würde? Sie war sich nicht sicher. Vielleicht war es das, was sie in seiner dunklen Burg von seinem Volk gesehen und gehört hatte. Vielleicht war es die Art, wie er von den Göttern zu sprechen pflegte, nämlich mit ernster Verehrung und Respekt. Ein Flehen um Mitleid, um Gnade, um Barmherzigkeit, um der Heiligkeit des menschlichen Lebens willen, und er hätte sie nur kalt angestarrt, wäre in diesen Raum hineingegangen und hätte Mathew skrupellos getötet. Doch ihm zu sagen, daß sie Zeit wollte, um die Angelegenheit den Händen ihres Gotts zu befehlen – das verstand er.

Er überlegte, musterte sie nachdenklich, und sie hielt die Luft solange an, bis ihre Brust brannte; und dann – endlich – nickte er kurz.

Zohra entspannte sich. Ungewollt traten ihr die Tränen in die Augen.

»Wenn dein Gott vor Nachtanbruch nicht geantwortet hat«, sagte ibn Jad ernst, »werde ich mein Vorhaben ausführen.«

Sie konnte nichts erwidern; sie konnte nur den Kopf senken. Mit einer zitternden Hand zog Zohra sich den Schleier wieder vors Gesicht und ging auf die Tür zu. Da schoß ein Arm hervor und versperrte ihr den Weg.

»Ich will beten gehen«, murmelte sie und wagte es nicht, den Kopf zu heben, um ihn anzusehen.

»Du und er, ihr seid nur vom Namen her Mann und Frau. Die Schwarze Zauberin hat mir mitgeteilt, daß kein Mann dich je erkannt hat!«

Verzweifelt versuchte Zohra, sich an dem Arm vorbeizudrängen.

»Laß mich gehen«, sagte sie in jenem gebieterischen Ton, der ihr schon so oft so gute Dienste erwiesen hatte.

Diesmal diente er ihr nicht. Auda riß ihr den Schleier aus der Hand. »Er hat seine Rechte als Ehemann verwirkt. Du hast die Freiheit, zu jedem Mann zu gehen! Komm zu mir, Zohra!«

Seine Hände schlossen sich um ihre Oberarme. Schaudernd wich Zohra an die Mauer zurück. Lippen strichen über ihren Hals, und sie kämpfte darum sich zu befreien. Dann starrte sie ihn eindringlich an. »Was willst du von mir?« fragte sie atemlos. »Da ist keine Liebe in dir! Da ist nicht einmal Verlangen! Was willst du?«

Er lächelte kalt. »Ich habe meine Vorlieben wie andere Männer. Aber ich habe gelernt, sie zu beherrschen. Ich könnte wohl Freude an dir haben. Daran habe ich keinen Zweifel. Aber das wäre flüchtig, nur für den Augenblick, dann wäre es wieder vorbei. Was will ich von dir, Zohra?« Er zog sie enger an sich heran, und sie verspannte sich. »Ich will einen Sohn!« Jetzt war Gefühl in seinen Augen. »Mein Leben nähert sich seinem Ende. Es ist der Wille Zhakrins. Aber ich will einen Sohn zurücklassen, durch dessen Adern dein wildes, starkes Blut strömt!«

Audas Lippen näherten sich ihr, und beinahe erstickt vor Furcht und seiner Nähe, wandte sie das Gesicht ab. Kein Mann hatte es jemals gewagt, sie so anzufassen.

Sie spürte seinen Atem, wie Feuer auf ihrer Haut; dann löste er seinen Griff. Als sie sich gegen die Wand zurücklehnte, blickte Zohra zögernd, mißtrauisch zu ihm auf. Auda war mehrere Schritte zurückgetreten, hatte die Hände zu jener zeitlosen Geste gehoben, die keine Bedrohung bedeutete.

Das Gefühl in ihm war erstorben. Sein Gesicht war bleich, ausdruckslos, die Augen dunkel und flach. »Ich werde dich nicht mit Gewalt nehmen, Zohra. Eine Frau wie du würde das niemals verzeihen. Ich will weder deine Liebe, noch erwarte ich sie. Ich werde zu Zhakrin beten und ihn darum bitten, daß er dich mir gibt. Eines Nachts wirst du zu mir kommen und sagen: ›Ich werde deinen Sohn austragen, und er wird ein mächtiger Krieger sein, und in ihm wirst du wieder leben!‹«

Mit diesen Worten verneigte Auda sich anmutig, und bevor Zohra sich bewegen oder etwas sagen konnte, war er schon lautlos aus dem Raum geschlüpft.

Zohra begann zu zittern. Ihre Knie wollten sie nicht mehr tragen, und so sank sie bebend zu Boden und vergrub ihr Gesicht in den Händen. Sie hatte den Schwarzen Paladin gesehen, wie er Zauberei betrieb, die keine Zauberei war, jedenfalls hatte Mathew das zu ihr gesagt. Es war nicht die Magie des Sul, sondern die Magie des Paladingotts. Audas Glaube verlieh ihm Kraft, und die würde er gegen sie einsetzen.

*Ich werde zu Zhakrin beten und ihn darum bitten, daß er dich mir gibt.*

Gegen jede Vernunft, gegen ihren Willen und ihre Neigung fühlte sich Zohra doch zu Auda ibn Jad hingezogen.

## 13

Unfähig, vernünftig zu denken, blieb Zohra auf dem Boden liegen, bis ein heftiger Schrei Mathews ihre Angst um sich selbst in die Angst um einen anderen verwandelte. Eilig sprang sie auf und stürzte in seinen Raum, entsetzt bei dem Gedanken, ibn Jad könnte sein Versprechen gebrochen haben.

Es war niemand im Raum außer dem leidenden Jungen; das einzige, was ihn angriff, war das Fieber. Er brauchte Wasser, sehr viel Wasser. Es war Zeit, daß Akhran sein Wunder vollbrachte.

Nachdem sie sich noch einmal davon überzeugt hatte, daß

Mathew in keiner unmittelbaren Gefahr schwebte, verließ Zohra das Krankenzimmer und bahnte sich durch das Labyrinth der Gänge den Weg zu einer Tür, die nach außen führte.

Kamele und Männer schliefen im kühlen Schatten eines nahegelegenen Gebäudes. Zohra blieb stehen, als sie sah, daß ibn Jad sich neben Khardan auf einer Decke niedergelassen hatte. Sie zögerte, weil sie sich davor fürchtete, sich dem Mann zu nähern. Sie blickte sich um, suchte nach etwas anderem, das ihrem Zweck dienen könnte, wußte aber, daß es vergeblich war. Ihr Blick fuhr wieder zu der Schärpe um Khardans Hüfte, zu dem Knauf, den sie in der Sonne funkeln sah.

Sie brauchte den Dolch.

»Seit wann hast du Angst vor einem Mann?« fragte sie sich verächtlich, und ohne darüber nachzudenken, daß einige Männer durchaus ihrer Furcht würdig gewesen wären, überquerte Zohra kühn und ruhig die sonnenüberflutete Straße.

Die Kamele hoben die Köpfe und musterten sie mit argwöhnischer Bösartigkeit. Glücklicherweise hatte sie es mit den Kamelen zu tun und nicht mit Khardans Pferd, das es niemals jemandem gestattet hätte, sich an seinen schlummernden Herren heranzuschleichen. Zohra zischte den Kamelen etwas zu, und die Tiere senkten die Köpfe. Khardan lag ausgebreitet auf dem Rücken; seine Atmung ging tief und regelmäßig, und nachdem Zohra ihn eine Weile beobachtet hatte, wußte sie, daß er den Schlaf der Erschöpfung schlief und nicht leicht zu wecken sein würde. Als sie neben ihm innehielt, warf sie einen verstohlenen Blick zu Auda hinüber. Die Augen des Mannes waren fest geschlossen; auch seine Atmung ging regelmäßig. Doch ob er schlief oder es nur vorgab, wußte Zohra nicht zu sagen.

Es spielte keine Rolle, sagte sie sich. Was immer sie tat, er würde sie daran nicht hindern. Er hatte ihr Zeit bis zum Sonnenuntergang gegeben, und sie begann ihn gut genug einzuschätzen, um zu wissen, daß er dieses Versprechen auch halten würde.

Vorsichtig beugte sie sich über Khardan und begann mit leiser, zarter Berührung damit, den Dolch aus seiner Schärpe zu ziehen. Er seufzte und bewegte sich, worauf sie sofort erstarrte. Dann fiel er wieder in tiefen Schlaf zurück.

Vorsichtig holte Zohra die Waffe hervor und umklammerte sie. Als sie sich anschickte, über die Straße zum Haus zurückzukehren, fiel ihr Blick auf ibn Jad. Der Dolch lag in ihrer Hand. Ein Stoß, und alles wäre vorbei. Kein Gott könnte sie jemals zu einem toten Mann locken. Sie starrte ihn an, wie er anscheinend tief und fest schlief. Ihre Finger klammerten sich heftig um den Griff des Messers.

Sie trat einen Schritt auf ihn zu, dann machte sie kehrt und huschte über die Straße, als wäre er aufgesprungen und würde sie verfolgen. Im Hauseingang blieb sie stehen, um wieder zu Atem zu kommen, sah sich um und bemerkte, daß keiner der Männer sich bewegt hatte.

Khardan erwachte mit einem Schreck; er meinte, daß irgend jemand sich an ihn heranschliche, um ihm die Kehle durchzuschneiden. Der Eindruck war so wirklich, daß er schon abwehrend die Hände emporriß, bevor er die Augen hatte ausrichten können, und erst als seine Hände ins Nichts griffen, erkannte er, daß es sich um einen Traum gehandelt hatte. Matt wollte er sich wieder hinlegen, als er unwillkürlich nach seiner Waffe griff.

Sie war nicht da.

Er brauchte nicht erst den nachwehenden Duft von Jasmin zu spüren, um darauf zu kommen. »Zohra!« murmelte er, setzte sich auf und sah sich nach allen Seiten um.

Mit einem raschen Blick überzeugte er sich davon, daß der Schwarze Paladin friedlich neben ihm schlief. Anscheinend hatte er seinen Plan ausgeführt. Mathew mußte tot sein, dachte Khardan mit einem schnellen, stechenden Schmerz, der ihm das Herz zerriß. Doch wenn dem so sein sollte, was tat Zohra dann mit dem Dolch ihres Mannes? Rache üben?

Er konnte sie fast vor sich sehen, wie sie in irgendeiner schattigen Nische stand, die Waffe in der Hand, um mit einem unvermuteten schnellen Stoß in den Rücken Genugtuung herzustellen.

Khardan mochte den bösen Paladin nicht. Ungeachtet der Tatsache, daß Auda ihr aller Leben gerettet hatte, als er sie von den anderen Paladinen des Zhakrin befreite, erinnerte sich Khardan lebhaft daran, daß dies derselbe Mann war, der ohne jedes Zögern eine Gruppe armseliger, angeketteter und gefesselter Sklaven den Ghulen zum Fraß vorgeworfen hatte. Solange er lebte, würde nichts den Anblick dieses gräßlichen Mahls aus seinem Gedächtnis löschen. Und Auda hatte im Namen Zhakrins noch weitere, ebenso verwerfliche Verbrechen begangen. Khardan wußte es genau, hatte er doch die Aufzählung dieser Untaten aus dem Mund des Schwarzen Paladins persönlich vernommen.

Eine Dolchklinge in den Rücken war zweifellos ein leichterer Tod, als er verdient hatte. Vor sechs Monaten hätte Khardan selbst die Waffe geführt und sich wenig dabei gedacht. Doch es war ein gewandelter Khardan, der sich nun müde erhob und loszog, um seine Frau zu suchen.

Vor der erzwungenen, von Gott befohlenen Heirat mit Zohra hatte Khardan dem *Hazrat* Akhran zwar gewisse Dienste erwiesen, war aber nie sehr viel weiter gegangen. Mit fünfundzwanzig Jahren hatte sich das Denken des Kalifen auf die Welt und nicht auf den Himmel gerichtet. Nach der Eheschließung mit Zohra hatte Khardan nur mit einer gewissen Verbitterung an Akhran gedacht.

Und dann war der Augenblick gekommen, da der Kalif in der Folterkammer der Burg Zhakrin seinem Gott gegenübergetreten war. Khardan hatte Akhran ins Antlitz geblickt.

Die Akar glaubten, daß die Wahnsinnigen das Antlitz des Gotts geschaut hätten und daß es der Anblick dieser Herrlichkeit gewesen sei, der sie in den Wahnsinn getrieben hatte. Wenn dem so sein sollte, dachte Khardan, dann muß ich vom Wahnsinn berührt worden sein.

Khardan hatte den Gott gesehen. Khardan hatte Akhran sein Leben geschenkt, und Akhran hatte es ihm zurückgegeben.

In jenen wenigen Momenten hatte Khardan nicht nur das Antlitz des Gotts geschaut, sondern auch seinen Geist. Es geschah zwar nur unklar, unscharf, doch er begann vage zu begreifen, daß er die Gefühle der Leere im Inneren des Hauses möglicherweise falsch verstanden hatte. Er war kein bedeutungsloses Staubkorn. Er war Teil eines gewaltigen Plans.

Es schien Khardan, als er schnell die Straße hinauf und hinunter blickte, daß *Hazrat* Akhran, wenn dies tatsächlich so sein sollte, manches effizienter hätte handhaben, mancherlei Dinge besser hätte ausführen können. Doch dem Kalifen kam zugleich der Gedanke, daß der Gott vielleicht auch auf seine menschlichen Anhänger angewiesen war.

»Wenn ich von Anfang an klüger gehandelt hätte, wäre mein Weg vielleicht einfacher verlaufen«, überlegte Khardan, als er die Unterkunft betrat und auf Mathews Zimmer zuging. »Vieles von dem, was geschehen ist, stellt vielleicht nur Akhrans Versuche dar, den Tontopf wieder zu reparieren, den ich so achtlos zerschmettert habe.«

Er und seine Begleiter waren aus einem bestimmten Grund auf Burg Zhakrin verschleppt worden – um die beiden Götter zu befreien, die Quar gefangengehalten hatte. Soviel war Khardan inzwischen klar. Diese Götter würden sich wahrscheinlich Akhran im himmlischen Krieg anschließen.

Und es schien, als bedürfe Akhran noch immer seiner Anhänger. Er hatte sie sicher von der Burg über die Kurdinische See geführt. Dann aber waren die Dinge schiefgelaufen. Die Dschinnen waren gegangen und nicht zurückgekehrt. Khardan erinnerte sich an Pukahs Beschreibung von Akhran: schwach, blutend, verwundet.

Dann stand es mit der Schlacht also nicht zum Besten. Akhran hatte beinahe seinen Zugriff auf sie verloren. Es war Zhakrin gewesen, der sie aufgesammelt hatte, indem er ibn Jad aussandte, um sie zu suchen und zu retten. Aus irgendeinem Grund waren die Götter zu dem Schluß gelangt, daß sein und der Weg des Paladins einander schnitten.

Der Kalif betrat nur zögernd den Raum des Jungen, er fürchtete sich davor, was er darin vorfinden würde.

Anscheinend hatten die Götter beschlossen, daß Mathew erkranken und sterben sollte ...

Nein, nicht sterben.

Khardan musterte den Jungen verwundert. Mathew lag auf dem Lager, inzwischen war er ruhig geworden, war in fiebrigen Schlaf gesunken. Aber er schlief, er war nicht tot. Khardan sah den Körper zucken, hörte das angestrengte Atmen. Als er näher trat, beugte er sich vor, um den Jungen genauer anzusehen; der Kalif stellte fest, daß der Lumpen, der auf der heißen Stirn ruhte, kühl und feucht war. Er war erst kürzlich gewechselt worden.

Aber Zohra war nicht da.

Verwundert blickte Khardan sich im Raum um. Vielleicht hatte die Mattigkeit ibn Jad überwältigt, und der Paladin hatte beschlossen, sich erst noch auszuruhen, bevor er den Jungen tötete. Das erschien Khardan allerdings unwahrscheinlich, denn er schätzte, daß der Schwarze Paladin sich nicht einmal vom Tod selbst daran hindern lassen würde, eine Absicht in die Tat umzusetzen.

Als er die wenigen Gegenstände im Raum durchstöberte, bemerkte Khardan, daß Mathews magische Gürteltasche, die der Kalif so vorsichtig entfernt hatte, als sie den Jungen seiner schweren Gewänder entkleideten, umgestülpt worden war: Ihr Inhalt lag achtlos zusammengeworfen in einer Ecke.

Khardan machte einen Schritt darauf zu, dann blieb er stehen. Er hätte keine Möglichkeit festzustellen, ob irgend etwas fehlte, und es hatte auch keinen Sinn, Gegenstände zu berühren, deren bloßer Anblick ihm schon einen Schauer über den Rücken jagte. In diesem Augenblick kam ihm der Gedanke, daß Zohra möglicherweise versuchte, einen von Mathews Zaubern auszuführen.

Khardan gefror die Seele bis ins Mark. Mathew hatte ihr beigebracht, was er wußte. Der junge Mann hatte versucht, dem Kalifen davon zu erzählen, doch Khardan hatte sich geweigert zuzuhören, weil er nichts davon wissen wollte. Frauenzauber. Oder, schlimmer noch, die Magie eines Kafiren aus einem fremden Land.

Er hörte eine Stimme. Zohras Stimme. Sie klang merkwürdig ... Sie sang!

Wenn ein Dutzend krummsäbelschwingender Soldaten des Emirs durch die Tür gekracht wären, um ihn anzugreifen, hätte Khardan mit bloßen Händen gegen sie gekämpft und dabei keine Furcht gekannt. Dieser gespenstische Gesang jedoch brachte ihn aus der Fassung und ließ ihn am ganzen Leibe zittern.

Ihre Stimme klang recht nahe, kam aus einem anderen Teil des Hauses. Wahrscheinlich aus der Mitte, schätzte Khardan, dem einfiel, daß er einen offenen Hof erblickt hatte, dessen Boden aus Bruchgestein bestand. Jetzt würde er Zohra mühelos finden, wenn er nur seine Füße dazu bringen konnte, ihn über die Türschwelle zu tragen.

Ohne auf den Lärm zu achten, den er dabei machte, eilte Khardan durch die Gänge und stellte fest, daß der Gesang wirklich aus dem Hof kam.

Unter einem Steinbogen blieb er stehen. In der Mitte des Hofs stand ein großes, rundes Becken, volle zehn Fuß im Umfang, mit Steinmauern, die sich ungefähr drei Fuß über dem Boden erhoben. Vor langer Zeit hatte dieser *Hauz* Wasser für den Hausgebrauch enthalten, Wasser, das vielleicht von jenen Kanälen in das Haus geführt worden war, von denen Auda ibn Jad ihnen erzählt hatte. Das war vor langer Zeit gewesen. Inzwischen war der Teich von dem Sand erstickt, den die Wüste bei ihrem Versuch in den Hof geweht hatte, sich zurückzuholen, was der Mensch ihr geraubt hatte. Ein riesiger Sandhaufen ergoß sich über den Rand des Teichs und bildete eine kleine Düne.

Am Rand des vertrockneten *Hauz* stand Zohra. Sie hatte Khardan den Rücken zugewandt. Sie sah ihn nicht, und nach ihrer starren Körperhaltung zu schließen, hätte sie ihn vielleicht nicht einmal gesehen, wenn er ihr unter die Augen getreten wäre. Leise ging der Kalif auf sie zu.

Als er endlich ihr Gesicht sah, bemerkte er, daß sie die Aufmerksamkeit auf ein Stück Pergament gerichtet hatte, das sie fest in den Händen hielt. Das Glitzern des Sonnenlichts auf einer Metallklinge offenbarte ihm seinen Dolch. Die Waffe lag am Rande des *Hauz*, und daneben befand sich eine dunkle – rote – Lache.

Mit aufgerissenen Augen sah Khardan, wie Blut aus einer tiefen Wunde an Zohras linkem Arm troff. Sie beachtete sie jedoch nicht. Ihr Blick war auf das Pergament gerichtet, und sie sang das Lied, das kein Lied war, mit einer Stimme, bei der sich Khardan die Nackenhaare sträubten. Als er heranschritt, um sich das Pergament genauer anzusehen, bemerkte der Kalif, daß es mit Zeichen bedeckt war, Zeichen, die in Blut geschrieben waren!

Ehrfürchtig und dennoch entschlossen sie aufzuhalten, kroch Khardan vor und streckte eine Hand aus. In diesem Augenblick verstummte Zohra. Khardan brach die Bewegung ab, obwohl es nicht den Anschein hatte, daß sie sich seiner Gegenwart bewußt war. Ihre Augen waren so sehr auf das Pergament gerichtet, daß er Zweifel daran hegte, daß sie auch nur ein Donnergrollen wahrnehmen würde.

Seine Hand erzitterte und fiel schlaff wieder herab. Die blutigen Zeichen auf dem Pergament hatten begonnen sich zu bewegen – sie zappelten und wanden sich wie vor Schmerzen! Khardan stockte der Atem, beinahe wäre er erstickt, als er mit ansah, wie die Zeichen über das Papier krochen und eins nach dem anderen in die Lache fielen.

Und plötzlich stand der Kalif knöcheltief im Wasser. Wasser umwirbelte seine Füße, überflutete den Hof, strömte ins Haus. Wasser glitzerte und funkelte in der Mittagssonne.

Zögernd glitten Zohras Finger in das Wasser, als könnte sie selbst noch nicht so recht daran glauben. Naß zog sie die Hand wieder hervor, und dann lachte sie lauthals.

Dann begriff Zohra, daß Khardan bei ihr war. Sie drehte sich zu ihm um, und noch nie hatte er sie so schön gesehen. Ihre Wangen leuchteten strahlend vor Stolz und Erfolg, ihre Augen funkelten heller als das Wasser.

»Dein Wunder!« sagte sie stolz zu ihm. »Und zwar von meinen Händen!« Sie streckte sie ihm entgegen, und er sah den blutigen Schnitt an ihrem Arm. »Nicht von Akhran!«

## 14

»Dein Gott hat sein Wunder vollbracht. Es ist offensichtlich, daß er will, daß dieser Junge am Leben bleibt. Mir liegt es fern, seinem Willen zuwiderzuhandeln. Ich töte nicht um des Vergnügens willen, Prinzessin«, fuhr Auda ibn Jad ernst fort, »sondern aus Notwendigkeit.«

Zohra hatte den Verdacht, daß Akhrans ›Wunder‹ vergebens gewesen sein könnte. Wasser besaß sie zwar jetzt im Überfluß; doch da es ihr an den Kräutern und Heilsteinen gebrach, mit der die Nomadin gewöhnlich Krankheiten behandelt hätte, konnte Zohra wenig mehr tun, als Mathews brennende Haut zu kühlen und Wasser auf die ausgetrockneten, rissigen Lippen tropfen zu lassen. Das Fieber wütete ungehindert. Mathew hörte sogar mit seinem unzusammenhängenden Geplapper auf und lag nur noch starr da. Das einzige Geräusch, daß er jetzt von sich gab, war das leise Stöhnen des Schmerzes.

Zohra kämpfte allein gegen die Todin an. Die Sorge für die Kranken war eine Arbeit der Frauen, und sie war nicht sonderlich überrascht, als ibn Jad und Khardan den Raum verließen, der nach Krankheit und Tod roch. Weil sie nicht darauf lauschte, hörte sie Khardan nicht zurückkehren, noch sah sie ihn auf dem Boden eines schattigen Alkovens Platz nehmen, der draußen vor der offenstehenden Tür zu Mathews Raum lag und von wo aus er sie beobachten konnte.

Der Nachmittag verging quälend, die Zeit maß sich an den keuchenden Atemzügen des fiebergeplagten Körpers. Jeder Zug war ein Sieg, ein Schwerthieb gegen einen unsichtbaren Feind, den Mathew als Lohn für sich forderte. Khardan, der selbst nur selten krank war, hatte sich nie viel mit Krankheit beschäftigt, hatte kaum Gedanken auf den Kampf verschwendet, den die Frauen gegen einen so alten und starken Feind wie Sul führten.

Es war ein grimmiger und ermüdender Krieg, der keinem nachstand, den er selbst mit Stahl geführt hatte. Man konnte dem Gegner nicht mit Geschrei und dem Kreuzen von Klingen begegnen, konnte ihn nicht packen und zu Boden ringen. Dieser schreckliche Feind mußte mit Geduld bekämpft werden, mit dem endlosen Austauschen trockener Tücher gegen feuchte, mit der Weigerung, es schweren Augenlidern zu gestatten, sich zu schließen.

Die gefährlichste Zeit kam zum *Aseur*, um Sonnenuntergang. Denn zu dieser Zeit zwischen Tag und Nacht waren die Geister des Körpers am schwächsten. Die sinkende Sonne tauchte die Behausung in lange, tiefe Schatten. Es gab keine Lampe und kein Licht, und so führte Zohra ihren Kampf in matter, staubiger Dunkelheit.

Mathew hatte sogar aufgehört zu stöhnen. Er gab überhaupt kein Geräusch mehr von sich, und Khardan dachte mehrere Male, daß der Junge zu atmen aufgehört habe. Doch dann vernahm der Kalif wieder ein trockenes Keuchen oder sah eine weiße Hand, die matt in der Dunkelheit zuckte; da wußte er, daß Mathew noch am Leben war.

»Sein Geist ist stark, auch wenn sein Leib es nicht ist. Aber es dauert zu lange«, sagte Khardan bei sich. »Er erträgt das nicht. Er wird nicht sehr viel länger durchhalten können.«

Und es schien, als begriffe Zohra dieselbe Wahrheit, denn er sah, wie sich ihr Kopf neigte, wie sie das Gesicht mit einem Schluchzen in den Händen vergrub, das um so herzzerreißender war, als es stumm und ungehört blieb. Khardan erhob sich, um zu ihr zu gehen, um ihr von seiner Kraft abzugeben, falls es nötig sein sollte, die letzten Augenblicke zu überstehen, die mitanzusehen zweifellos sehr schwer sein würde. Doch die Bewegung des Kalifen erstarrte. Voller Ehrfurcht sah er in den Raum.

Dort war eine Gestalt erschienen, eine Frau mit langem Haar, das im verblassenden Licht in fahlem Glühen schimmerte. Ihre Haut war weiß, sie war weiß gekleidet, und Khardan hatte den Eindruck, obwohl er ihr Gesicht nicht sehen konnte, daß sie sehr schön war. Ihr Gesicht war auf Mathew gerichtet, und der Kalif fragte sich, ob dies vielleicht die unsterbliche Beschützerin sein mochte, der ›Engel‹, von dem Pukah gesprochen hatte. Doch warum durchlief ihn dann ein Schauer der Angst?

Die Frau streckte weiße, zarte Hände nach dem Jungen aus, und Khardan begriff plötzlich, daß sie ihn nicht berühren durfte. Er wollte Zohra etwas zurufen, doch seine Zunge vermochte die Worte nicht zu bilden. Er machte ein Geräusch, eine Art Krächzen, und es lenkte die Frau ab, so daß sie ihn anblickte.

Sie hatte keine Augen. Die Höhlen waren leer und dunkel und so tief wie die ewige Nacht.

Das war keine Beschützerin! Der Schutzengel des Jungen war fort, und er war ganz allein, und das hier war die Todin! Die Frau starrte Khardan an, bis sie sich davon überzeugt hatte, daß er keine Schwierigkeiten machen würde, dann drehte sie sich wieder um, um ihren Sieg zu beanspruchen. Die weißen Hände berührten den Jungen, und Mathew schrie auf, sein Körper verkrampfte sich. Zohra hob den Kopf. Mit trotzigem Schrei warf sie sich über Mathew.

Erschrocken wich die Todin zurück. Die hohlen Augen verdunkelten sich vor Zorn. Die Hände streckten sich wieder aus, und diesmal hätten sie beide gepackt, denn Zohra hielt Mathew fest in den Armen. Sein Kopf drückte sich an ihre Brust, sie wiegte und tröstete ihn. Den Rücken hatte sie ihrer Feindin zugekehrt; sie sah sie nicht näher kommen.

Khardan setzte sich in Bewegung. Mit seinem Dolch stellte er sich zwischen die beiden und die Todin. Das blonde Haar der Frau zuckte über seine Haut, und er verspürte sengenden Schmerz. Die hohlen Augen musterten ihn bösartig, die weiße Hand griff nach ihm, und dann, ganz plötzlich, war die Todin verschwunden.

Erschrocken und erstaunt zugleich blickte Khardan sich um.

»Was machst du da?« ertönte Zohras Stimme.

Khardan wandte sich zu ihr. Zohra hatte Mathew wieder auf das Lager gelegt und musterte ihren Mann mißtrauisch.

»Die Frau! Hast du sie gesehen?« keuchte Khardan.

»Eine Frau?« Zohra riß die Augen auf. »Was für eine Frau?«

Es war die Todin! wollte Khardan empört rufen. Die Todin war hier! Sie wollte den Jungen haben, und du hast sie nicht gelassen, und dann hätte sie fast euch beide geholt. Hast du sie denn nicht gesehen? ... Nein, begriff er plötzlich. Zohra hatte sie tatsächlich nicht gesehen. Er fuhr sich mit der Hand an den Kopf, fragte sich, ob die Hitze ihm vielleicht zugesetzt hatte. Und doch war alles so wirklich gewesen, so grauenerregend wirklich!

Zohra blickte ihn immer noch argwöhnisch an.

»Es ... muß ein Traum gewesen sein«, sagte Khardan lahm und schob den Dolch wieder zurück in seinen Gürtel.

»Ein Traum, den du mit einem Dolch verfolgst?« höhnte Zohra. Sie warf Khardan einen verwunderten Blick zu, schüttelte den Kopf und richtete ihre Aufmerksamkeit wieder auf den Patienten.

»Wie geht es dem Jungen?« fragte Khardan barsch.

»Er wird überleben«, erwiderte Zohra in gelassenem Stolz. »Vor ein paar Augenblicken hätte ich ihn beinahe verloren. Aber dann brach das Fieber. Hör doch! Seine Atmung geht regelmäßig. Er schläft friedlich.«

Khardan konnte den Jungen in der Finsternis zwar kaum ausmachen, vernahm aber das sanfte, gleichmäßige Atmen.

Wirklich nur ein Traum? fragte er sich.

Zohra wollte aufstehen, stolperte ermattet und wäre gestürzt, hätte Khardan sie nicht aufgefangen. Sanft half er ihr dabei sich aufzurichten. Ihr Gesicht war ein weißes Schimmern in der Dunkelheit. Das einzige Licht im Raum schien von der Flamme in ihren Augen zu stammen. So erschöpft sie auch war, loderte dieses Feuer grell.

»Laß mich gehen.« Sie versuchte, ihren Arm aus seinem Griff zu reißen. »Ich muß mehr Wasser holen ...«

»Du mußt schlafen«, sagte Khardan entschieden. »Ich werde Wasser bringen.«

»Nein!« Sie strich sich eine störrische Locke ihres schwarzen Haars aus der Stirn und versuchte ein weiteres Mal vergeblich, aus Khardans Griff zu schlüpfen. »Mat-hew geht es besser, aber ich sollte ihn nicht allein ...«

»Ich werde auf ihn aufpassen.«

Khardan führte sie in den Nebenraum.

»Aber du verstehst doch nichts von Krankenpflege!« protestierte sie. »Ich ...«

»Du wirst mir alles erklären, was ich wissen muß«, unterbrach Khardan sie.

Müde ließ Zohra sich überreden. Khardan führte sie in einen kleinen Raum. Als er ihn betrat, breitete er seinen Umhang auf dem Fußboden aus, drehte sich um und sah, wie sie sich rücklings an eine Wand preßte und furchterfüllte Blicke durch den Raum schweifen ließ. Als Zohra bemerkte, wie er sie voller Erstaunen beobachtete, benahm sie sich plötzlich, als sei nichts geschehen, obwohl sie sich doch die Arme wie gegen die Kälte rieb.

»Mathew wird dich morgen brauchen, wenn er aufwacht«, fuhr Khardan fort, verblüfft über ihre merkwürdige Reaktion. Aber es war ja ohnehin ein Tag der Mysterien gewesen. Sanft ließ er seine Frau auf das primitive Lager sinken, das er ihr bereitet hatte.

Mit einem dankbaren Seufzen legte Zohra sich. »Wenn er aufwacht, gib ihm Wasser«, murmelte sie schläfrig. »Nicht zuviel am Anfang ...«

Khardan versicherte ihr, daß er es schon schaffen würde, und war gerade fast durch die Tür verschwunden, als sie plötzlich auffuhr und rief: »Wo ist ibn Jad?«

Khardan hielt inne, dann drehte er sich um. »Ich weiß es nicht. Er will versuchen Fleisch zu beschaffen ...«

»Laß ihn nicht hierherkommen!« sagte Zohra entschieden.

»Das werde ich nicht. Aber er würde es ohnehin nicht tun.« Wo eine Frau sich ausruhte, war *Harem*, ein für Männer verbotener Bereich.

»Schwöre es, bei *Hazrat* Akhran!« drängte Zohra.

»Hast du so wenig Vertrauen in mich?« fragte Khardan ungeduldig. »Leg dich schlafen, Frau. Ich habe dir doch gesagt, daß ich Wache halte!«

Nachdem er in den Krankenraum gegangen war, in dem nun fast völlige Finsternis herrschte, warf Khardan sich neben dem Lager zu Boden. Wütend legte er sich auf die Strohmatratze. Daß sie ihm einen solchen Schwur abverlangte! Nachdem er sie schon vor den meistgefürchteten aller Wesen beschützt hatte! Er streckte die Hand aus und befühlte Mathews Stirn. Die Haut war feucht und warm. Die Atmung des jungen Mannes ging flach und schnell, aber das schreckliche, rasselnde Geräusch war verstummt. Am Morgen würde er gesund und hungrig sein.

»Mich überrascht an dieser ganzen Geschichte nur nicht, daß der Tod weiblich ist!« murmelte Khardan zornig.

# 15

Aus der Fieberwelt, wo die Träume wirklicher waren als die Wirklichkeit, erwachte Mathew in Dunkelheit und Entsetzen. Khardans beruhigende Stimme, seine kräftigen Hände und ein Schluck kühles Wasser ließen den jungen Mann die Augen wieder schließen und in einen heilsamen Schlaf zurückgleiten.

Als er erwachte, war es Mittag. Er erblickte die Wände um sich herum und meinte wieder auf Burg Zhakrin zu sein.

»Khardan!« keuchte er und setzte sich mühsam auf.

Zohra kniete neben ihm nieder. Sie legte ihm die Hände auf die Schulter und drückte ihn wieder auf das Lager zurück.

»Du verstehst nicht«, flüsterte Mathew heiser, »Khardan ist ... dem Tode nahe. Sie sind ... Folter! Ich muß ...«

»Khardan schläft fest«, erwiderte Zohra und strich ihm das Haar von der Stirn. »Die einzige Folter, unter der er leidet, ist ein steifer Nacken, weil er gestern auf einer gepflasterten Straße geschlafen hat. Was glaubst du, wo du bist? Wieder auf der Burg?«

Mathew blickte sich verwundert um. »Ich dachte ... Aber nein, wir sind ja entkommen. Da war die Wüste, und wir sind marschiert, und dann kam Serinda immer noch weit fort, und dann war da der Sturm.« Er runzelte die Stirn in dem angestrengten Bemühen, seine Erinnerungen weiterzuverfolgen.

»Erinnerst du dich nicht, was als nächstes geschah?«

Er schüttelte den Kopf. Zohra schob ihm den Arm unter die Schultern, hob seinen Kopf und hielt eine Schale Wasser an seine Lippen. »Der Mann mit dem Namen ibn Jad hat uns gefunden«, sagte sie. Mathews ausgemergelter Leib zuckte zusammen, als Zohra den Paladin erwähnte. »Er hat Kamele mitgebracht, und wir sind die Nacht durch bis Serinda geritten. Dann hat dich das Fieber niedergestreckt.«

Mathew zitterte. Er konnte sich noch an den nächtlichen Marsch erinnern. Nachdem er das Wasser getrunken hatte, legte er sich wieder hin.

»Wo ist ibn Jad? Ist er weitergeritten?«

»Er ist hier«, sagte Zohra knapp. »Bist du hungrig? Kannst du essen? Ich habe etwas Suppe gemacht. Trink etwas davon, danach solltest du dich ausruhen.«

Gehorsam trank Mathew die dampfende Flüssigkeit, dann glitt er wieder in den Schlaf. Als er erwachte, war es früh am Abend.

»Bist du die ganze Zeit hiergewesen?« fragte er Zohra, als sie ihm eine Schale Wasser reichte. »Nein, du brauchst mir nicht zu helfen. Ich kann mich selbst aufsetzen.« Er errötete bei dem Gedanken, wie sehr er ihr zur Last gefallen sein mußte. »Ich habe so viele Umstände gemacht«, murmelte er. »Und jetzt halte ich euch noch davon ab, in eure Heimat zurückzukehren.«

Heimat. Er sprach das Wort mit einem Seufzen aus. Er hatte wieder geträumt: schöne Träume, Träume von seinem eigenen Land. Diesmal war das Aufwachen keine grauenerregende Erfahrung gewesen.

Zohra setzte sich neben ihn. Unbeholfen, als sei sie derlei sanfte Gesten nicht gewöhnt, ergriff sie seine Hand. »Du mußt deine Heimat sehr vermissen.«

Mathew wandte den Kopf ab, um die Tränen zu verbergen. Doch dann begann er hemmungslos zu schluchzen. Er erwartete eine Bemerkung von Zohra zu hören, doch zu seiner Überraschung sagte sie nichts. Er war noch erstaunter, als sie seine Hand drückte.

»Ich weiß jetzt, was das heißt, sein eigenes Heim zu vermissen. Es tut mir wirklich leid für dich, Mat-hew.« Ihre Stimme war sanft und von Mitleid erfüllt. »Wenn all dies vorbei ist, finden wir vielleicht eine Möglichkeit, dich zurückzubringen.«

Sie stand auf und verließ ihn, um etwas zu essen zu holen. Dankbar für die Zeit, die er nun allein zubringen konnte, gelang es Mathew vom Lager aufzustehen, und wenn er auch schwankte, so vermochte er es doch, sich ein wenig zu waschen. Plötzlich vernahm er Schritte.

Doch es war nicht Zohra, die zu ihm kam, sondern Khardan.

»Deine Kraft kehrt zu dir zurück«, sagte der Kalif lächelnd. »Ich habe dir das hier gebracht.« Er hielt eine Schale Reis in der Hand. »Du sollst soviel essen, wie du kannst, sagt ... meine Frau.« Er sprach die beiden Wörter mit einer gewissen grimmigen Ironie aus. »Kommst du allein zurecht?« fragte Khardan dann ein wenig verlegen.

»Ja! Promenthas sei Dank«, erwiderte Mathew inbrünstig. Er nahm den Teller entgegen, dann aß er den Reis gierig mit den Fingern.

Khardan wirkte erleichtert, als er sich setzte und sich mit einem Stöhnen den Nacken rieb.

»Es tut mir leid, daß ich ... eure Reise aufgehalten habe«, murmelte Mathew.

»Um ehrlich zu sein, ich bin gar nicht so begierig darauf, zu meinem Volk zurückzukehren«, sagte Khardan düster. Lange Augenblicke saß er schweigend an die Wand gelehnt da, die Augen geschlossen. Schließlich schaute er Mathew müde an. »Ich muß mit dir sprechen, Mat-hew. Fühlst du dich dazu in der Lage?«

»Ja! Ganz gewiß!« Mathew stellte die leere Reisschüssel auf den Boden.

»Sagst du es mir, Mat-hew, wenn du ermüdest?«

»Ja! Khardan. Ich verspreche es.«

Der Kalif nickte und furchte die Stirn, versuchte zu entscheiden, wie er beginnen sollte. Mathew wartete geduldig.

»Diese Vision ... die meine Frau ... hatte«, sagte er abrupt. »Erzähl mir davon.«

»Es wäre wohl angebrachter, wenn du sie selbst danach fragen würdest«, schlug Mathew vor, den die Frage überraschte.

»Ich kann nicht mit ihr sprechen. Wenn wir zusammenkommen, ist es, als würde man eine Fackel an trockenen Zunder halten. Jedes vernünftige Gespräch löst sich in Rauch auf! Ich bitte dich, mir von der Vision zu erzählen, die das alles in Bewegung gesetzt hat.«

Mathew wunderte sich über den Wandel des Kalifen, der solche Visionen früher als Frauenmagie abgetan hatte.

»Ich war damit beschäftigt, Zohra einen Zauber meines Volks zu lehren, der es uns gestattet, in die Zukunft zu sehen. Man nennt es Hellsehen. Dazu nimmt man eine Schale Wasser und stellt sie vor sich auf. Als nächstes befreit man den Geist von allen Gedanken und äußeren Einflüssen, murmelt die geheimen Worte, und wenn man Glück hat, läßt Sul im Wasser ein Bild entstehen, das die Zukunft vorhersagen kann.«

Mathew hielt inne und rechnete damit, ein Lachen oder ein verächtliches Schnauben zu vernehmen. Doch Khardan schwieg. Mathew musterte ihn eindringlich und fuhr dann fort. »Zohra hat den Zauber vollkommen ausgeführt. Deine Frau ist wirklich sehr stark auf dem Gebiet der Magie. Sul hat sie mit seiner Gunst gesegnet. Als sie in das Wasser schaute, hatte sie zwei Visionen.« Er schloß die Augen und konzentrierte sich angestrengt, um sich an jede Einzelheit zu erinnern. »In der ersten Vision herrscht Sonnenuntergang. Eine Schar von Habichten, die von einem Falken angeführt werden, fliegt zur Jagd hinaus. Doch schließlich bekämpfen sie einander, und so entkommt ihre Beute. Dann stürzen sich Adler auf sie. Die Habichte und der Falke kämpfen zwar gegen die Adler, werden aber geschlagen. Der Falke wird verwundet und stürzt zu Boden, um sich nicht wieder zu erheben. Die Nacht bricht ein. Nun ist es in der zweiten Vision so ...«

Wie er die Szene wieder vor dem geistigen Auge betrachtete, hatte Mathew seinen Zuhörer bereits vergessen. Mit einem plötzlichen Ruck wurde er in die Wirklichkeit zurückgerissen.

»Vögel!« Die Worte ertönten wie ein Donnerschlag. Khardan sprang auf die Beine und blickte wütend zu dem jungen Mann hinunter, der mit weitaufgerissenen Augen zu ihm aufsah. »Das alles hat sie mir angetan wegen ein paar – Vögeln?«

»Nein! Ja! Das heißt ...« stammelte Mathew. »Die Bilder sind ... sind Symbole, die der Magier in seinem Herzen und seinem Geist deutet!« Hastig suchte er nach einem Bild, das er verwenden könnte, um es dem Mann begreiflich zu machen. Es hatte keinen Zweck, die Symbologie mit Buchstaben und geschriebenen Wörtern zu vergleichen, denn der Nomade konnte weder lesen noch schreiben.

»Ich kann es dir so erklären«, sagte Mathew schließlich. »Es ist das gleiche, als würdest du deinen Falken zur Gazellenjagd abrichten.«

»Pah!« Khardan drehte sich um und schien das Zimmer verlassen zu wollen.

»Hör mir doch zu!« flehte Mathew verzweifelt. »Du setzt den Falken doch nicht ohne Ausbildung auf die Gazelle an. Du legst Fleischstücke in die Augen eines Schafsschädels und bringst dem Vogel bei, die Gazelle anzugreifen, indem er sich als erstes auf das Fleisch im Schädel stürzt! Dieser Schädel steht für die Gazelle, symbolisiert sie! Sul tut mit uns das gleiche. Er benutzt diese Bilder, die wir sehen, so wie du den Schädel des Schafs benutzt.«

Der Kalif war in der Tür stehengeblieben. Er war kaum mehr als ein großer, regloser Schatten. »Weshalb tut Sul so etwas? Weshalb sagt er nicht einfach, was er meint?«

»Warum schickst du den Falken nicht einfach ohne Ausbildung nach der Gazelle aus?«

»Dann würde der Vogel doch nicht wissen, was er tun soll!«

»Und so ist das auch mit uns. Sul will nicht, daß wir seine Vision zu unbekümmert, ohne ›Ausbildung‹ übernehmen. Er möchte, daß wir unsere Herzen erforschen und die Bedeutung dessen erfassen, was wir sehen. Die Habichte sind dein Volk. Sie werden von dem Falken angeführt – das bist du.«

Khardan nickte feierlich. »Das ergibt einen Sinn. Fahre fort.«

Mathew atmete auf. »Die Habichte – dein Volk – kämpfen untereinander, und dadurch entkommt ihnen ihre Beute.«

Khardan machte eine unfreundliche Bemerkung; es gefiel ihm nicht, was schließlich doch nichts anderes war als die Wahrheit. Mathew verbarg ein Lächeln und beeilte sich fortzufahren. »Die Adler greifen an – das sind die Truppen des Emirs. Du wirst verwundet und stürzt vom Himmel und stehst nicht wieder auf. Nacht legt sich über das Land.«

»Und das bedeutet?«

»Dein Volk wird geschlagen und verschwindet in der Dunkelheit.«

»Du sagst, daß mein Volk ausgelöscht worden wäre, wenn ich gestorben wäre. Ich bin aber nicht gestorben!« verkündete Khardan triumphierend. »Die Vision ist also falsch!«

»Das habe ich dir schon am Anfang versucht zu sagen«, erwiderte Mathew geduldig. »Es gibt zwei Visionen! In der zweiten wird der Falke von den Adlern getroffen und stürzt zu Boden, aber es gelingt ihm, sich wieder zu erheben, obwohl ...« Mathew zögerte; er war sich unsicher, wie er es ausdrücken sollte. »Obwohl ...«

»Obwohl was?«

Mathew atmete tief durch. »Die Schwingen des Falken sind voller Schmutz«, sagte er schleppend. »Er muß sich sehr anstrengen, um noch fliegen zu können.«

Eine lange, unbehagliche lastende Stille folgte. Khardan stand unbeweglich da; kein Rascheln von Tuch brach die tiefe Ruhe.

»Ich kehre zurück ... entehrt«, sagte Khardan schließlich.

»Ja.«

»Ist das alles? Ist das der einzige Unterschied zwischen den beiden Visionen?«

»Nein. In der zweiten Vision gibt es keine Nacht. Als du zurückkehrst, geht die Sonne auf.«

## 16

»Es war keine leichte Entscheidung für Zohra, Khardan«, sagte Mathew. »Du kennst sie doch! Du kennst ihren Mut! Sie hätte es selbst vorgezogen, im Kampf gegen den Feind zu fallen, anstatt davonzulaufen! Aber das hätte das Ende eures Volks bedeutet. Das war ihr aber das wichtigste. Deshalb haben wir dich vor Meryem gerettet ...«

»Meryem!«

Mathew hatte gewußt, daß der Kalif überrascht sein würde. »Ja«, fuhr der junge Mann fort und versuchte, möglichst leidenschaftslos zu klingen. »Sie hat dich auf dem Pferderücken fortgebracht ...«

»Sie auch – sie hat auch versucht, mich zu retten.« Khardan sagte es in liebevollem Ton, und Mathew biß die Zähne zusammen, um keine sarkastische Bemerkung zu machen.

»Sie hatte dir einen Zauber gegeben, den du um deinen Hals tragen solltest ...«

»Ja, ich erinnere mich!« Khardan legte die Hand an den Hals. »Ein albernes Ding, Frauenmagie ...«

»Dieses ›alberne Ding‹ hat dich bewußtlos werden lassen«, versetzte Mathew grimmig. »Erinnerst du dich auch, wie du gekämpft hast, bis sich eine merkwürdige Trägheit über dich legte? Und plötzlich war dein Schwert so schwer, daß du es nicht mehr heben konntest. Vor deinen Augen verschwammen Boden und Himmel miteinander: Der Gegner greift an, aber du bist so geschwächt, daß du dich nicht mehr wehren kannst. Zwar wird der Hieb geführt, prallt aber harmlos ab.«

»Ja!« Obwohl Mathew ihn nicht erkennen konnte, wußte er, daß Khardan ihn verblüfft anblickte. »Ist das auch Hellseherei? Woher weißt du davon?«

»Ich kenne den Zauber, den sie verwendet hat«, erklärte Mathew. »Ich kenne seine Wirkung. Sie wollte, daß du in

Sicherheit und unverletzt bist, unfähig zu kämpfen. Dann schaffte sie dich mit gewisser Hilfe vom Schlachtfeld ...«

»Mit gewisser Hilfe? Meinst du damit Zohra?«

»Nein. Als wir dich mit dieser Frau fanden, ritt Meryem auf einem der magischen Pferde des Emirs. Wie hätte sie sonst vom Schlachtfeld entkommen können, ohne die Hilfe der Soldaten des Emirs?«

»Es gibt viele Wege«, meinte Khardan. »Was sie getan hat, tat sie aus Liebe. Irregeleitet vielleicht, aber sie ist eine Frau und versteht nichts von solchen Dingen wie Stolz und Ehre.«

Mathew erwiderte nichts. Dies war nicht die Zeit, zu streiten.

»Wenigstens wirst du nicht behaupten können, daß meine Frau aus demselben Grund gehandelt hätte«, stellte der Kalif fest.

»Was Zohra getan hat, tat sie für euer Volk«, sagte Mathew mit etwas mehr Heftigkeit in der Stimme, als er beabsichtigt hatte. »Dich als Frau zu verkleiden war die einzige Möglichkeit, dich an den Soldaten vorbeizubringen. Das hat sie nicht in der Absicht getan, dich zu entehren! Und es war auch nicht ihre Schuld, daß unsere Pläne nicht funktionierten. Es war meine Schuld. Ibn Jad kam und suchte mich. Gib also mir die Schuld.«

Es folgte ein langes Schweigen, dann sagte Khardan: »Niemand hatte Schuld daran. Es war der Wille des Gottes.«

Erstaunt blickte Mathew ihn eindringlich an; er wünschte sich, daß er das Gesicht des Manns lesen könnte. Er hörte, wie der Kalif, der die ganze Zeit gestanden hatte, sich nun auf den Boden setzte und gegen die Wand lehnte.

»Ich habe nachgedacht, Mat-hew. Darüber, was du mir in jener Nacht gesagt hast ... in der Nacht, als sie mich gefoltert haben.« Die Worte waren beladen mit Erinnerungen und Schmerzen. »Du hast gesagt: ›Vielleicht ist dein Tod nicht das, was dein Gott will! Vielleicht bist du tot für ihn nicht nützlich! Vielleicht hat er dich aus einem bestimmten

Grund hierhergebracht, zu einem bestimmten Zweck, so daß es deine Aufgabe ist, lange genug zu leben, bis du herausgefunden hast, wozu!‹ Damals habe ich das nicht verstanden. Aber als ich zu Akhran kam, als ich sein Antlitz schaute, da wußte ich es. Er hat mir das Leben zurückgegeben, um ihm dabei zu helfen, diesen Krieg zu kämpfen und zu gewinnen. Ich kann nichts für ihn tun, um ihm im Himmel zu helfen, aber auf der Erde kann ich sehr wohl etwas tun.

Die Frage ist«, fuhr Khardan seufzend fort, »was genau? Was können wir gegen die Macht des Emirs unternehmen? Selbst wenn wir unser ganzes Volk zusammen aufbieten könnten ... Selbst wenn sie mich nach meiner Rückkehr akzeptieren sollten ...« Er machte eine Pause und wartete offensichtlich auf eine Antwort.

Mathew konnte ihm nicht die Bestätigung geben, die er verlangte, also schwieg er. Doch sein Schweigen war beredter als alle Worte, Khardan regte sich unruhig. »Der Falke steigt aus dem Schmutz empor. Also gut, ich kehre entehrt zurück. Als Feigling, der sich offensichtlich versteckt hat. Du bist klug für dein Alter, Mat-hew. Diese Klugheit war es, die dir geholfen hat, die Sklavenkarawane zu überleben, diese Klugheit hat uns aus dieser schlimmen Burg befreit. Ich bin tapfer und beginne zu begreifen, daß ich nicht klug bin. Ich bin heute nacht gekommen, um dich um Rat zu bitten. Was soll ich tun?«

Wärme durchflutete Mathew. Im ersten Augenblick glaubte er, daß das Fieber zurückkehren würde, doch es war ein zu wunderbares Gefühl.

»Ich ... ich weiß nicht ... was ich sagen soll«, stammelte Mathew. »Du unterschätzt dich selbst ... überschätzt mich. Ich kann nicht ...«

»Du brauchst Zeit, um die Dinge zu überdenken«, sagte Khardan und erhob sich. »Es ist spät. Ich habe viel zu lange mit dir gesprochen. Wenn du einen Rückfall bekommst, ist das meine Schuld. Zohra wird mir die Augen auskratzen.«

»Nein, das wird sie nicht«, sagte Mathew. »Du kennst sie nicht, Khardan! Sie ist stolz und heftig, aber sie benutzt ihren Stolz wie einen Feuergürtel, um sich zu schützen! Im Inneren ist sie sanft und liebevoll, und das hält sie für eine Schwäche, anstatt darin eine sehr große Stärke zu sehen ...«

Er sprach mit Eifer und vergaß sich selbst dabei, bis Khardan näher an ihn herantrat und neben ihm niederkniete, um ihn mit einem eindringlichen Blick zu mustern. Das Licht der Sterne und der Wüste glitzerte in den dunklen Augen des Kalifen.

»Du bewunderst sie, nicht wahr?«

Was sollte Mathew darauf sagen? Er konnte nur tief in sein Herz hineinblicken und die Wahrheit herausreißen.

»Ja«, erwiderte Mathew und senkte das Haupt. »Es tut mir leid, wenn dir das mißfällt.« Schnell blickte er wieder auf. »Und ich würde sie niemals anrühren, niemals auf unschickliche Weise an sie denken ...«

»Ich weiß.«

Mathew zitterte, und Khardan legte dem Jungen beruhigend die Hand auf die Schulter. »Und ich kann es dir nicht verübeln. Sie ist schön, nicht wahr? Schön – nicht wie die Gazelle, aber wie mein Falke schön ist. Tapfer und stolz. Das Feuer, von dem du sprichst, lodert in ihren Augen. Dieses Feuer könnte die Seele eines Mannes zu Asche verglühen oder ...«

» ...ihn für den Rest seines Lebens wärmen?« fragte Mathew leise, als Khardan seinen Satz nicht beendete.

»Vielleicht.« Der Kalif zuckte mit den Schultern und stand auf. »Im Augenblick bin ich in ihren Augen nur glimmender Zunder. Vielleicht ist es schon zu spät für uns beide. Aber sie spricht die Wahrheit, wenn sie sagt, daß es um unser Volk geht. Ruh dich aus, Mat-hew. Ich gehe mir ein wenig die Füße vertreten, dann komme ich zurück und wache über deinen Schlaf. Du mußt wieder zu Kräften kommen. In zwei Tagen beginnen wir die Reise zum Tel.«

Die Reise in unser Verderben, dachte Mathew. Er legte sich erschöpft zurück und hörte, wie Khardan mit einem anderen Mann sprach.

Auda ibn Jad.

*Vielleicht hat Er dich aus einem bestimmten Grund hierhergeführt. Mit einem Ziel.*

Vielleicht auch nicht. Was ist, wenn ich mich irre?

## 17

Am nächsten Morgen war Mathew kräftig genug, um mit Zohra durch das Haus zu gehen. Sein Interesse an der toten Stadt Serinda erwachte aufs neue, als er die Wunder des Gebäudes zu sehen bekam, und wieder staunte er über die schreckliche Tragödie, die hier vorgefallen sein mußte. Doch als er mit Zohra ausführlicher über dieses Rätsel sprechen wollte, zeigte sie wenig Interesse, und schließlich begriff Mathew, daß sie ihn zu einem bestimmten Ziel führte. Sie trug einen scheuen, leisen Stolz zur Schau, ganz anders als ihr üblicher, feuriger Hochmut.

Sie kamen auf einen Mittelhof, der früher einmal eine kühle Zuflucht vor dem geschäftigen Treiben von Stadt und Haushalt geboten hatte. Jetzt lagen überall Trümmer von Statuen herum. Mathew staunte, als er inmitten einer solchen Verlassenheit und Vernichtung ein Becken mit kristallklarem Wasser erblickte.

»Deshalb gab es also keinen Wassermangel!«

Der junge Mann löschte seinen Durst, dann öffnete er seine Kleider und besprenkelte sich Brust und Hals mit Wasser. Zohra sah lächelnd zu, sie hob eine Tonscherbe auf und half Mathew beim Waschen seines langen roten Haars.

»Ist es nicht wunderbar, Zohra, wozu die Menschheit fähig ist? Wunderbar und traurig. Die Leute verschwinden,

Sul besetzt langsam ihre Stadt, und doch arbeiten hier in diesem Haus die Maschinen irgendwie weiter ...«

»Keine Maschinen, Mathew«, sagte Zohra leise. »Magie.«

Mathew starrte sie einen Augenblick verständnislos an. Dann schlang er plötzlich freudig die Arme um sie und drückte sie eng an sich. »Magie! Deine Magie! Du hast das Wasser gemacht! Ich wußte, daß du es kannst! Und du hattest keine Angst ...«

»Davor hatte ich mehr Angst als vor allem anderen«, antwortete Zohra barsch. Ihre dunklen Augen blickten in die blauen Augen Mathews. Er spürte, wie sie zitterte, und hielt sie noch fester. »Aber ich hatte keine andere Wahl. Dieser Mann, ibn Jad, hätte dich sonst umgebracht.«

»Ach so!« Jetzt zitterte Mathew plötzlich, und es war Zohra, die ihn tröstete. »Ich habe mich schon gewundert«, murmelte er. »Deshalb hat Khardan also in der Nacht über mich gewacht.«

»Ibn Jad hat geschworen, daß er dir nichts antun würde. Aber ich traue ihm nicht.« Ihre Stimme bebte.

»Was ist los, Zohra?« Mathew hatte sie noch nie verängstigt gesehen. »Es ist ibn Jad! Was hat er dir angetan?« Der Zorn klopfte in seinem Herzen mit einer Gewalt, die ihn selbst erschreckte. »Beim Promenthas! Wenn er dir ein Leid zugefügt haben sollte, werde ich ...«

Was wirst du dann? Ibn Jad angreifen? Ebensogut könnte sich das Lamm erbieten, den Löwen zu bekämpfen!

Es schien, daß Zohra das gleiche dachte, denn Mathew sah, daß ihre Mundwinkel zuckten. Dann kam ihr ein Gedanke, und sie blickte ihn ernst an, ohne jedes Lachen in den Augen.

»Mat-hew! Vielleicht kannst du mir helfen! Es ist doch möglich, einen Zauberbann zu brechen, unter dem man steht, nicht wahr?«

»Manchmal«, erwiderte Mathew vorsichtig. »Das hängt davon ab ...«

»Wovon?«

»Von vielen Dingen. Was für eine Art von Zauber es ist, wie er verhängt wurde, was bei der Verhängung verwendet wurde. Das ist schwieriger, als du dir vielleicht vorstellst.« Mathews Sorge wuchs, als er erriet, worauf ihre Worte abzielten. »Aber wie sollte ibn Jad einen Zauber verhängen, Zohra? Er ist doch kein Magus.« Die Erinnerung an die Schwarze Zauberin kehrte zu ihm zurück. Vielleicht gab es doch eine Möglichkeit. »Hatte er einen Talisman, einen Stab – irgendeinen magischen Gegenstand, den ihm jemand hätte geben können?«

»Es war nicht Suls Magie«, erwiderte Zohra kopfschüttelnd. »Es war sein Gott.«

»Sprich weiter.« Mathew wußte nicht, ob er erleichtert oder noch beunruhigter sein sollte. »Erzähl mir alles.«

»Das kann ich nicht«, antwortete Zohra. »Es ... es ist nicht schicklich für Frauen, derlei Dinge mit Männern zu besprechen, die ... nicht ihre Ehemänner sind.«

»Aber ich bin doch eine Nebenfrau«, sagte Mathew mit schiefmäuligem Lächeln. »Und ich muß alles wissen, Zohra, wenn ich dir helfen soll.«

»Wahrscheinlich ... hast du recht«, räumte Zohra ein. Zögernd, ohne ihn anzusehen, berichtete Zohra ihm von ihrer Begegnung mit ibn Jad.

»Er hat gesagt, daß er zu seinem bösen Geist beten würde, Mat-hew! Damit der Gott mich ihm gibt!« Zohra sah furchtsam zu ihm auf; sie zitterte am ganzen Leib. »Und ... Mat-hew ... als ich an diesem ... diesem Ort war. Die Frau hat mir etwas zu trinken gegeben, das mich träumen machte ...« Sie konnte nicht mehr weiterreden; ein tiefes Rosenrot färbte ihre Wangen, und sie vergrub das Gesicht in den Händen.

»Natürlich«, murmelte Mathew. Irgendeine Art Liebestrank – nein, Lusttrank wäre wohl der bessere Ausdruck. Das erklärte auch, weshalb die weiblichen Gefangenen so entgegenkommend waren. »Hast du von ihm geträumt? Von

Auda?« fragte der junge Mann zögernd. Zohras Verlegenheit war ansteckend. Das Blut brannte ihm unter der Haut.

»Nein, von anderen«, murmelte Zohra.

Khardan? Mathew sehnte sich danach, diese Frage zu stellen, tat es aber nicht. Eifersucht flackerte in ihm auf. War er eifersüchtig auf Zohra, weil sie von Khardan träumte, oder eifersüchtig auf Khardan, weil er in Zohras Träumen auftrat? Aber ob er sich selbst nun verstand oder nicht, wenigstens begriff er, was ibn Jad tat – oder zu tun versuchte. Sehr raffiniert, dachte Mathew. Die Träume dazu zu benutzen, sich in den Geist dieser Frau einzuschleichen, ihren Glauben an die Götter und ihre Macht zu benutzen, um die natürlichen Widerstände zu schwächen, die sie gegen ihn aufgebaut hatte.

»Zohra«, sagte Mathew und schüttelte sie sanft, »die Hälfte der Zeit gehorchst du nicht einmal den Geboten deines eigenen Gottes. Wirst du dich da etwa einem fremden Gott beugen?«

Zohras Augen verengten sich zu Schlitzen, als sie über diesen Einwand nachdachte. Nachdem sie ihn verstanden und die Ironie begriffen hatte, lächelte sie sogar. »Nein, das werde ich nicht!« Sie streckte die Hand aus und streifte Mathews Wange sanft mit den Fingern. »Du bist sehr klug, Mat-hew.«

Das hatte Khardan auch gesagt. Aber in Wirklichkeit war das keine Klugheit oder Weisheit. Es war lediglich die Fähigkeit, ein Problem aus verschiedenen Blickwinkeln zu betrachten. So als würde man alle Facetten des glitzernden Juwels schauen, anstatt sich nur auf eine einzige zu konzentrieren ...

»Weshalb siehst du mich so an?« wollte Zohra wissen.

»Weil Khardan recht hatte«, antwortete Mathew scheu. »Du bist sehr schön.«

Die Rosen erblühten auf ihren Wangen; das Feuer, von dem Khardan gesprochen hatte, flackerte in ihren Augen.

Wie diese beiden sich liebten! Verborgen hinter Mauern

des Stolzes. Jeder leckte seine Wunden. Jeder wußte, daß der andere ihn schwach gesehen hatte. In der Furcht, er könnte es gegen ihn verwenden, fügte jeder der beiden täglich der Mauer weitere Steine hinzu, die sie zwischen sich erbauten. Khardan erkannte das, aber die Aufgaben und die Probleme, vor denen sie beide standen, waren so überwältigend, daß sie möglicherweise niemals dazu in der Lage sein würden, die Mauer einzureißen, so sehr sie sich auch danach sehnten.

Ihr Volk – das war es, was ihnen am meisten am Herzen lag; und ihr Gott, ihr *Hazrat* Akhran.

Eine kalte Bö wehte durch Mathews Seele. Eine Weile lang hatte er vergessen, daß er ein Fremder in einem fremden Land war. Mit Gewalt kehrte dieses Wissen zu ihm zurück. Er hatte kein Volk, er hatte niemanden, den er liebte oder der ihn liebte – jedenfalls keine Liebe, die er vor sich selbst hätte eingestehen können, ohne sich in Scham und Schande zu winden. Er hatte zwar einen Gott, aber Promenthas war weit.

»Mat-hew! Du bist so bleich! Ist das Fieber ...« Ihre Hand fuhr an seine Stirn. Sanft schob er sie fort.

»Nein, es geht mir gut. Wie ich höre, werden wir heute nacht losreiten?«

»Wenn du dich danach fühlst ...«

»Es geht mir gut«, wiederholte er tonlos. »Nur ein wenig müde. Ich denke, ich werde mich jetzt hinlegen und schlafen.«

»Ich werde kommen ...«

»Nein, du hast bestimmt noch Vorbereitungen für die Reise zu treffen. Ich bin jetzt nicht mehr krank. Ich brauche deine Fürsorge nicht mehr.«

Er machte kehrt und ging davon.

Verwirrt sah Zohra dem jungen Mann nach. Er erinnerte sie an jemanden, der versuchte, seinen Körper vor einem Schlag zu schützen.

Zu spät, der Schlag war bereits erfolgt. Und würde weiterhin erfolgen, um ihn in die Verzweiflung zu prügeln.

»Ach, Mat-hew«, murmelte Zohra, als sie zu begreifen begann. »Es tut mir leid.« Ohne es zu wissen, wiederholte sie die Worte ihres Mannes.

»Es tut mir leid.«

In dieser Nacht verließen sie Serinda, um niemals wiederzukehren.

Die Totenstadt blieb ihren Toten überlassen.

# Das Buch der Unsterblichen

# 1

Während der zweiundsiebzig Stunden Gnadenfrist, die Kaug ihnen gewährt hatte, arbeiteten die Dschinnen fleißig, wenn auch nicht sonderlich effizient, daran, ihre Stellung zu befestigen. Jeder Dschinn gelangte zu dem Schluß, daß er alles über die Kriegskunst wisse, was es zu wissen gäbe, und bis auf den Bau phantastischer Wehranlagen und Debatten über Strategien und Taktiken wurde nicht allzuviel Sinnvolles vollbracht. Befestigungen wurden eifersüchtig ebenso schnell wieder abgerissen, wie sie errichtet wurden. Ständig brachen Streitereien aus, und es gab eine ausgedehnte zweitägige Schlacht zwischen den Dschinnen.

Hinter den Kletterrosen vor ihrem Fenster sah Asrial voller Schrecken auf dieses Pandämonium herab. Sie stellte sich vor, wie die Engel sich in starrer Formation zur Schlacht aufstellten. Warum können die Dschinnen nicht begreifen, daß sie sich selbst damit schlagen? Warum können sie sich nicht organisieren?

Enttäuscht blickte sie aus dem Fenster. Anscheinend war sie nicht die einzige, die so dachte, denn erschreckt vernahm sie die Stimme im Nebenzimmer, die laut dieselben Fragen stellte.

»Was ist mit diesen Narren los? Warum bekämpfen sie einander, anstatt sich auf den Kampf mit Kaug vorzubereiten?« Asrial erkannte Nedjmas Stimme, und dann wurde ihr geantwortet.

»Du weißt ebensogut wie ich, weshalb sie das tun, mein Vögelchen«, erwiderte Sond ruhig.

*Ich* weiß es aber nicht! dachte Asrial. Sie huschte zu der Wand hinüber und preßte das Ohr gegen die Samttapete. Die Palastmauern waren dick; der Engel hätte das Gespräch nicht belauschen können, wären Sond und Nedjma nicht an das Fenster in Nedjmas Gemach geschritten.

Asrial kam der Gedanke, daß Sond durch seine Anwesenheit im Serail in beachtlicher Gefahr schweben mußte, und sie wunderte sich, daß das Paar es riskierte, vom Garten aus gesehen zu werden. Da fiel dem Engel ein, daß sie seit gestern keine Eunuchen mehr gesehen hatte. Vielleicht arbeiteten die Eunuchen an den Befestigungen.

»Nein, ich kenne den Grund nicht«, erwiderte Nedjma zänkisch, und Asrial segnete sie dafür. Die Dschinnia setzte etwas hinzu, was der Engel nicht verstand. Asrial kehrte an ihr Fenster zurück und sah, daß das Paar auf einen kleinen Balkon hinausgetreten war, der zu Nedjmas Gemächern gehörte. Ohne gesehen zu werden, konnte der Engel die beiden beobachten und auch verstehen.

Nedjma stand da und hatte Sond den Rücken zugekehrt. Sie trug ihren Schleier nicht; tatsächlich trug sie überhaupt sehr wenig, und das bißchen Kleidung, das sie anhatte, schien raffiniert darauf zugeschnitten zu sein, mehr zu enthüllen als zu verbergen. Sie bestand nur aus blauer Seide und goldenem Glitter, Smaragdfunkeln und reiner weißer Haut. Sond, der hinter der Dschinnia herantrat, legte seine Hände auf die schlanken Schultern.

»Es spielt keine Rolle, Nedjma, meine Blume«, sagte er sanft. »Gleich, was wir tun, es wird Kaug nicht aufhalten. Glaubst du im Ernst, wir würden uns so verhalten, wenn es eine Chance gäbe? Wir tun es aus Wut und Enttäuschung und in dem Wissen, daß morgen alles vorbei sein wird.«

Während er sprach, senkte Nedjma langsam das Kinn; ihr goldenes Haar fiel wie ein Vorhang vor ihr zartes Gesicht.

»Weine nicht, Geliebte«, sagte Sond sanft. Er ergriff eine Handvoll von dem Haar und hob es von ihrer Wange, dann beugte er sich vor, um eine Träne wegzuküssen. »Ich hätte es dir nicht sagen dürfen.« Sond richtete sich auf und wich zurück. »Ich wollte dich nicht unglücklich machen. Ich wollte nur, daß du weißt, wie wenig Zeit ...« Er hielt inne.

Nedjma fuhr zu ihm herum. Hastig trocknete sie sich die Augen und kam auf ihn zu, legte die Hände auf seine Brust. »Ich weine nicht über das, was du mir gesagt hast. Das war keine schlechte Nachricht. In meinem Herzen habe ich es bereits gewußt. Ich habe geweint, weil es das Ende ist.« Ihr Arm stahl sich um ihn, und sie schmiegte den Kopf an seine Brust.

»Es mag vielleicht das Ende sein«, antwortete Sond. »Aber, mein Liebling, wir werden dafür sorgen, daß es glorreich ist!«

Ihre Häupter neigten sich, die Lippen trafen sich zu einem leidenschaftlichen Kuß. Die blaue Seide fiel auf den Boden, und Asrial zog sich mit puterrotem Gesicht und aufgerissenen Augen hastig vom Fenster zurück. Während sie die lodernden Wangen gegen die kühle Marmorwand preßte, hallten in ihrem Kopf immer und immer wieder Sonds Worte wider.

»Es spielt keine Rolle ... wie wenig Zeit ... das Ende.«

Er hatte recht. Es spielte tatsächlich keine Rolle. Für die Engel des Promenthas würde es keine Rolle spielen. Für die Dschinnen und Dschinnias würde es auch keine Rolle spielen. Kaug war zu mächtig geworden. Keine Waffe war stark genug, um ihn zu fällen, keine Mauer hoch genug, um ihn aufhalten zu können. Ebensogut hätten sie versuchen können, einen Berg mit einem Pfeil zum Einsturz zu bringen, eine Flutwelle mit einer Sandburg aufzuhalten.

Und genau wie Nedjma hatte Asrial das tief in ihrem Herzen gewußt.

»Das Ende ... glorreich.«

Atemloses Gelächter trieb mit dem Duft von Rosen ins Fenster. Asrial schlug das Fenster zu. Blinzelnd trieb sie die Tränen in ihren Augen zurück und machte Anstalten zu gehen, als es an der Tür zu ihrem Gemach klopfte.

Asrial zögerte und wußte nicht, ob sie antworten sollte. Doch öffnete sich schon die Tür, und Pukah trat ein.

Als er sie da mit ausgebreiteten Flügeln stehen sah, schmolz die fröhliche Miene des Dschinns dahin wie Ziegenkäse in der Sonne.

»Du wolltest gehen!«

»Ja!« sagte sie, und ihre Finger nestelten unruhig am Gefieder ihrer Schwingen. »Ich kehre zurück zu meinem ... meinem Volk, Pukah! Ich möchte bei ihm sein ... in der ... in der ...« Sie blickte auf ihre Hände herab.

»Ich verstehe«, erwiderte Pukah gefaßt. »Und du wolltest gehen, ohne Lebewohl zu sagen?«

»Ach, Pukah!« Asrial verschränkte die Hände. »Ich kann nicht sein, was du von mir willst! Ich kann dir keine Frau sein, wie es Nedjma für Sond ist. Ich bin ... ich bin ein Engel.« Die Hände lösten sich lange genug, um die weißen Gewänder zu heben. »Es gibt meine Essenz, mein Wesen, aber das ist nicht aus Fleisch und Blut und Knochen. Ich wollte ...« Sie zögerte. » ...ein Teil von mir will sie immer noch, diese ... diese Art der Liebe. Aber das kann niemals sein. Deshalb ... wollte ich kein Lebewohl sagen ...«

»Es war freundlich von dir, mir den Schmerz zu ersparen«, sagte Pukah verbittert.

»Pukah, es ging nicht um dich! Mich selbst wollte ich schonen! Kannst du das denn nicht begreifen?« Asrial wandte sich von ihm ab. Ihre Flügel schlangen sich um sie, hüllten sie in eine gefiederte Schale.

Plötzlich begann Pukahs Antlitz zu erstrahlen. Er eilte zu dem Engel, teilte sanft die sie einhüllenden Schwingen und ergriff zärtlich ihre Hände.

»Asrial, willst du damit sagen, daß du mich liebst?« flüsterte er.

Der Engel hob den Kopf. Tränen glitzerten in Asrials blauen Augen, doch als sie antwortete, war ihre Stimme fest und gleichmütig. »Ich liebe dich tatsächlich, Pukah. Ich werde dich immer lieben.« Sie hielt ihn fest. »Ich glaube, daß ich selbst im Reich der Toten, wo ich einmal mehr ohne Form oder Gestalt bin, diese Liebe haben werde, und sie wird mich glücklich machen!«

Während sie sprach, fiel Pukah auf die Knie, neigte das Haupt, als würde er einen Segen empfangen. Und dann, als sie verstummte, hob er langsam den Kopf. »Ich weiß, was ich bin«, sagte er in traurigem und wehmütigem Tonfall. »Ich bin eingebildet und verantwortungslos. Ich sorge mich zuviel um mich selbst und nicht genug um andere, nicht einmal um meinen eigenen Gebieter. Ich habe alle möglichen Schwierigkeiten herbeigeführt – ohne das wirklich zu wollen«, fügte er reuig hinzu, »aber das geschah alles aus Selbstsucht. Ach, davon weißt du gar nichts!« Er hob eine Hand an ihre Lippen, als sie ihn unterbrechen wollte. »Du weißt nicht, welchen Schaden ich angerichtet habe! Meinetwegen hielt der Emir meinen armen Gebieter für einen Spion und versuchte ihn festzunehmen. Meinetwegen zog der Scheich Zeid gegen uns in den Krieg, anstatt sich mit uns zu verbünden. Meinetwegen hat Kaug Nedjma entführt und Serinda gefangengesetzt. Und da wir gerade von Serinda sprechen«, fuhr der Dschinn fort, ohne sich zu schonen, »da warst *du* die Heldin, Asrial. Nicht ich.«

Der Dschinn sah sehr traurig und niedergeschlagen aus.

Mit schmerzendem Herzen sank Asrial neben ihm auf die Knie. »Nein, mein lieber Pukah, mach dir keine Vorwürfe. Wie du schon sagtest, du hast es gut gemeint ...«

»Aber ich habe es nicht gut für andere gemeint. Ich meinte es nur gut mit mir selbst«, erwiderte Pukah entschieden. Er stand auf, zog Asrial auf die Beine und sah mit einer ungewöhnlich ehrlichen und ernsten Miene zu ihr hinunter. »Aber ich werde alles wiedergutmachen. Nicht nur das ...« Für einen Augenblick erschien wieder das alte Glitzern in den Augen des Dschinns. » ... ich werde der Held sein! Ein Held, dessen Name und Opfermut alle Zeiten überdauern wird!«

»Pukah!« Asrial sah ihn verschreckt an. »Opfermut? Was hast du im Sinn?«

»Lebewohl, mein Engel, mein schöner, bezaubernder Engel!« Pukah küßte ihre Hände. »Deine Liebe wird immer das leuchtende Licht meiner ewigen Finsternis sein!«

»Pukah, warte!« rief Asrial, aber da war der Dschinn schon verschwunden.

## 2

»Usti?«

Der rundliche Dschinn zuckte heftig zusammen. Er ließ fallen, was er in der Hand hielt, so daß es krachend auf den gekachelten Boden fiel, und fuhr so schnell herum, wie es jemand von seiner Größe nur konnte, um sich der Tür zuzuwenden.

»Der Grund, weshalb ich hier unten im Lagerraum bin, ist der, daß ich unsere Lebensmittelvorräte für den Fall abschätzen will, daß wir belagert werden«, erklärte der Dschinn und wischte sich hastig einige Reiskörner vom Kinn. In dem Bemühen zu erkennen, wer da vor ihm stand, blinzelte er und spähte in die dichten Schatten hinaus. »Es gibt ... siebenundzwanzig Weinkrüge«, verkündete er, immer noch bemüht etwas zu erkennen, »sechs große Säcke Reis, zwei Säcke Mehl, dreißig ...«

»Ach, Usti! Das ist mir alles gleich! Hast du Pukah gesehen? Ist er hier unten?«

»Pukah?« Ustis Augen weiteten sich, dann verengten sie sich wieder angewidert, als die Gestalt ins Licht seiner Lampe trat. »Ach, du bist es«, brummte er. »Der Engel des Verrückten.«

Zu jeder anderen Zeit hätte Asrial sich über diese Beleidigung empört, mit der ihr Schützling da bedacht wurde. Doch jetzt war sie zu bekümmert. Sie warf sich auf den Dschinn und packte ihn am Arm. »Sag mir, daß er hier ist, Usti! Pukah, ich weiß, daß du hier bist!« Sie ließ den Dschinn fahren, der sie mit großem Groll betrachtete, und spähte eindringlich in die tanzenden Schatten hinaus. »Pukah, komm raus, damit wir reden können ...«

»Werte Dame«, sagte Usti in eisigem Ton, »Pukah ist nicht hier. Und du hast soeben meine Mahlzeit unterbrochen.« Untröstlich blickte er auf das Durcheinander zu seinen Füßen. »Meine Mahlzeit ruiniert, trifft die Sache genauer.«

Er seufzte düster, dann kauerte er sich mit viel Gestöhn nieder, um etwas zu retten.

»Ein prächtiges Abendessen aus *Fatta*, mit knackigem Gemüse, der Reis zwar etwas klebrig, aber schließlich herrscht ja auch Krieg. Da muß man Opfer bringen. Aber jetzt! Jetzt!« Kopfschüttelnd bedeckte er seine Augen mit den Händen. »Ich weiß, daß ich das noch bis in alle Ewigkeit vor mir sehen werde«, murmelte er in hohlem Ton. »Schmutzbedeckter Reis. Gemüse, mit Geschirrscherben vermischt. Und bald schon werden die Ratten herbeikommen, um alles zu vertilgen ...«

»Usti, er ist fort!« Asrial ließ sich mit herabhängenden weißen Flügeln auf ein Faß Olivenöl sinken. »Er ist schon den ganzen Tag fort. Jetzt ist es fast soweit, daß Kaug zurückkehren wird ...«

»Ahhh!« Wie ein Wal, der an die Wasseroberfläche zurückkehrte, blies Usti die Luft aus, als er aufstand. »Kaug, hast du gesagt, Engel des Verrückten?«

»Mathew ist nicht verrückt«, erwiderte Asrial. »Er hat sich so seltsam verhalten, als er mich verließ ...«

»Ein häufiges Symptom des Wahnsinns«, bemerkte Usti mit Kennermiene.

»Nicht Mathew! Pukah!«

»Ist Pukah auch verrückt geworden?« Usti richtete seinen Turban, der während seines Schmausens über ein Auge gerutscht war. »Das überrascht mich nicht. Verzeih mir, wenn ich dich erzürne, werte Dame, aber es wäre für alle Beteiligten besser gewesen, wenn du und dein Verrückter uns nicht heimgesucht hättet ...«

»*Euch* heimgesucht? Wir wollten doch nun wirklich nicht an diesen schrecklichen Ort!« rief Asrial. »Wir haben nie gewollt, daß wir uns verlieben ...« Schluckend unterbrach sie sich. »Was ist das?« flüsterte sie furchtsam und blickte in die Höhe.

Die Erde bebte und zitterte noch mehr als Ustis Kinn. Die Käse schwankten bedrohlich. Die Lampe schwang an ihrer

Kette hin und her, die Schatten in der unterirdischen Lagerkammer sprangen durch den Raum wie Wische des Astafas.

»Kaug!« keuchte Usti, und sein Gesicht nahm die Farbe des Schimmelkäses an, der über seinem Kopf hing. »Ins Totenreich zurückgekehrt, um uns zu holen!« Er ergriff herabhängenden Stoff seines Turbans und fuhr sich damit über die verschwitzte Stirn. »Kein *Couscous* mehr!« Er begann zu wimmern. »Keine gezuckerten Mandeln. Kein Gazellenfleisch, gut durchgebraten, mit einem bloßen Hauch von Rosa in der Mitte ...«

Das Rumpeln wurde heftiger. Usti klammerte sich an die Wand, während die Käse herabstürzten und vor seinen Füßen umherrollten, hielt die Augen fest zugepreßt und rezitierte fieberhaft: »Kein *Qumiz*. Kein *Shishlick*. Kein ...«

Ein Weinkrug kippte um und zerbarst, überflutete die Lagerkammer und färbte den Saum von Asrials weißen Gewändern rot. Sie achtete nicht darauf. Sie lauschte.

Da hörte sie es.

»Dschinnen des Akhran! Zu mir! Schnell! Wir haben nicht viel Zeit!«

»Pukah!« rief Asrial und verschwand.

Usti neigte das Haupt und weinte.

Obwohl die Ebene der Unsterblichen in dem Grauen des nahenden Ifrit erzitterte, war Kaug erst kaum auszumachen, während Blitze aus dem Himmel hervorschossen und Donner gegen den Boden zu seinen Füßen hämmerte.

Die Dschinnen standen unter ihren Befestigungen und hielten jede erdenkliche Art von Waffen in den Händen. Auf den zum Garten hinausgehenden Balkonen des Schlosses warteten die Dschinnias stumm. Unter seidenen Gewändern verborgen, stak in mehr als einer Schärpe eine scharfe und schimmernde Klinge. Die Dschinnias waren bereit, selbst den Kampf aufzunehmen, sobald ihre Dschinnen gefallen waren.

Der uralte Dschinn erschien persönlich. Zwei riesige Eunuchen trugen ihn auf einem Sänftensessel zu seinem eigenen Balkon. An ihrer Seite hingen blitzende Krummsäbel. Auf seinen brokatbedeckten Knien hielt der Dschinn einen Säbel, der wohl die prachtvollste Waffe darstellte, die man jemals geschmiedet hatte. Sie war von solchem Alter, und so rostig war ihre Klinge, daß es zweifelhaft schien, ob die Waffe auch nur einen von Ustis Käsen hätte durchhauen können. Nicht daß es eine Rolle spielte. Kaugs Schädel ragte hoch über dem Rand der Ebene auf, und er war gigantischer als alles, was die Unsterblichen sich je hätten vorstellen können. Ein Aufstampfen seines Fußes würde ihr Schloß zermalmen, sein kleiner Finger könnte sie ins Verderben schnippen.

Sond stand an der Spitze des Dschinnenheers. Mit dem Schwert in der Hand versuchte er, auf dem wogenden Boden das Gleichgewicht zu halten. Fedj stand zu seiner Rechten, Raja links von ihm. Hinter ihnen warteten die anderen Dschinnen, bereit, sich so teuer zu verkaufen wie möglich. Steine barsten, Bäume stürzten um. Der Himmel verdunkelte sich. Kaugs aufragende Gestalt verdeckte die untergehende Sonne. Ihre letzten Strahlen erhellten etwas, das durch die Luft trieb und zu Sonds Füßen niederging.

Der Dschinn beugte sich vor, um es aufzunehmen. Es war eine Rose, und er wußte, wo der Strauch wuchs, von dem sie gepflückt worden war. Er hob sie an die Lippen und drehte sich zu dem rosenbedeckten Balkon um. Obwohl Nedjmas Gesicht verschleiert war, wußte Sond, daß sie ihn anlächelte, und tapfer lächelte er zurück. Mit blinzelnden Augen schob er die Rose ehrfürchtig in seine Bauchschärpe und wollte sich räuspern, um den Befehl zu geben, in die Schlacht zu ziehen, als plötzlich Pukah unmittelbar vor ihm aus einem Springbrunnen sprang.

»Wo bist du denn gewesen?« fauchte Sond gereizt. »Dein Engel treibt alle in den Wahnsinn. Suche sie gefälligst auf, bringe sie zum Schweigen, und dann sieh zu, ob du dich irgendwie nützlich machen kannst. Wo ist dein Schwert? Raja, gib ihm deinen Dolch. Pukah, ich schwöre bei Akhran ...«

Doch Pukah ignorierte Sond völlig. Er kletterte an der Mittelgestalt des Springbrunnens hinauf – einem marmonen Fisch, aus dessen riesigen Mamorlippen Wasser sprühte –, hielt sich an den Kiemen der Statue fest und schrie: »Dschinnen des Akhran! Zu mir!«

Die Dschinnen begannen zu murmeln und zu grollen; ein Rascheln wehte durch die Reihen der Dschinnias wie Wind durch Seidenvorhänge.

»Pukah! Das ist jetzt keine Zeit für einen deiner Auftritte!« rief Sond wütend. Er griff hinauf, packte einen von Pukahs Füßen und versuchte den Dschinn hinunterzureißen. Pukah schüttelte ihn mit einem Tritt ab und rief laut: »Hört mich an! Ich habe einen Plan, um Kaug zu besiegen!«

Abrupt verstummte das Gemurmel. Stille legte sich wie ein Leichentuch auf die Unsterblichen im Garten. Asrial erschien, brach wie ein silberner Stern zu Sonds Seite hervor.

»Pukah! Ich habe mir solche Sorgen gemacht! Wo ...«

Der junge Dschinn warf dem Engel einen gütigen und liebevollen Blick zu. Kopfschüttelnd verweigerte er ihr die Antwort, sprach dafür weiter zu der Schar der Unsterblichen, die ihn nun mit größter Aufmerksamkeit ansahen.

»Ich habe einen Plan, um Kaug zu besiegen«, wiederholte Pukah und sprach dabei so schnell und mit solcher Erregung, daß sie ihn kaum verstanden. »Ich habe keine Zeit, ihn zu erklären. Folgt einfach nur meiner Führung und seid bereit, alles zu tun, was ich sage.«

Wieder setzte das Gemurmel ein.

Sond schnitt eine Grimasse, sein Zorn wuchs. »Ich habe dir gesagt, Pukah ...«

»Das Reich der Toten!« sagte Pukah. Seine gepreßte Stimme schnitt sich durch das Grollen wie ein gespannter Faden. »Das Reich der Toten wartet! Ihr habt nicht die geringste Chance, kein Gebet wird euch nützen! Wo ist Akhran? Wo bleibt unser Gott?«

Die Unsterblichen musterten einander beunruhigt. Es war jene Frage, die jeder in seinem Herzen bewegte, aber nicht auszusprechen wagte.

»Ich werde euch sagen, wo er ist«, fuhr Pukah in gedämpftem und ehrfürchtigem Ton fort. »Akhran liegt in seinem Zelt; er ist schwach und verletzt und blutet aus vielen Wunden. Einige dieser Wunden hat Quar ihm zugefügt. Aber andere ...« Er hielt einen Augenblick inne, um sich zu räuspern. » ...andere hat ihm sein eigenes Volk zugefügt.«

Der Garten verdunkelte sich. Ein übelriechender Wind begann zu wehen, entlaubte die Bäume und trieb peitschend den Staub durch die Luft.

»Ihr Glauben schwindet!« schrie Pukah gegen den Sturm an. »Sie haben ihre Unsterblichen verloren. Sie glauben nicht, daß ihr Gott ihre Gebete noch erhört, also haben sie aufgehört, zu beten ... oder, schlimmer noch – nun beten sie zu Quar! Wenn wir geschlagen werden, bedeutet das nicht nur für uns das Ende, sondern auch für Akhran!«

Sond blickte zu Fedj und Raja hinüber, die beide nickten. Als er hinter sich sah, konnte er in dem Staub, dem Laub und dem plötzlich niederprasselnden Regen nur mit Mühe erkennen, wie die anderen Dschinnen nickten, und er vernahm sogar etwas, das sich wie das vertrocknete Rascheln des uralten Dschinns anhörte, der seinen Segen hinzugab.

»Also gut, Pukah«, sagte Sond zögernd. »Wir werden deinem Plan folgen.«

Mit einem gewaltigen Seufzen drehte Pukah sich um und bereitete sich darauf vor, Kaug die Stirn zu bieten.

# 3

Der Ifrit kam an die Außenmauern des Gartens gestampft. Mit seinem Eintreffen erstarben die Sturmwinde, hörte der Donner auf zu grollen, erloschen die Blitze. Als Kaug zum Stehen kam, bebte der Boden nicht mehr. Eine furchtbare und unheilschwangere Stille senkte sich über die unsterbliche Ebene.

»Eure Zeit ist um«, rief der Ifrit, und die Schwingungen seiner Stimme versetzten die Ebene wieder ins Beben. »Wenn ich mir diese Kriegsbefestigungen anschaue und feststellen muß, daß ihr alle bewaffnet seid, gehe ich davon aus, daß ihr euch zum Kampf entschlossen habt.«

»Nein, nein, Kaug der Barmherzige«, sagte Pukah von seinem Marmorfisch aus. »Wir haben unsere Waffen nur mitgebracht, um sie dir demütig vor die Füße zu legen.«

Kaugs Augen verengten sich mißtrauisch. »Stimmt das, Sond?« fragte der Ifrit. »Hast du etwa dein Schwert mitgebracht, um es mir zu Füßen zu legen?«

»Wohl eher, um dir die Füße damit abzuhauen«, murrte Sond und blickte Pukah dabei wütend an.

»Tu es!« rief Pukah ihm wortlos zu und machte dabei eine schnelle, drängende Handbewegung.

Mit verzerrter Miene, als würde sein unterdrückter Zorn ihn vergiften, trat Sond zu dem Ifrit und schleuderte seine Waffe in grimmigem Trotz mit der Spitze nach vorn gegen Kaugs Zehen. Einer nach dem anderen folgten die Dschinnen Sonds Beispiel, und schon bald stand der erstaunte Ifrit bis zu den Knöcheln in einer veritablen Waffenkammer.

»Und was die Befestigungen angeht ...« Pukah sah sich um; er wußte nicht so recht, wie er die neuen Türme, Zinnen und Mauern erklären sollte, die hier aus dem Boden geschossen waren. » ...diese ... wurden nur errichtet, um dir eine Andeutung der Überraschung zu geben, die noch kommt!«

»Ich mag keine Überraschungen, Kleiner Pukah«, knurrte der Ifrit und zermalmte die Schwerter und Krummsäbel und Speere unter seinem riesigen Fuß zu Staub.

»Ah, aber diese Überraschung wirst du mögen, o Kaug der Mächtige und Starke!« sagte Pukah mit solch feierlichem Ernst, daß die anderen Dschinnen ihn verwundert anblickten. »Die Welt hat dich schlecht behandelt, Kaug. Du bist mißtrauisch und argwöhnisch geworden. Wir wußten deshalb, daß wir etwas tun mußten, um dich davon zu überzeugen, daß es uns ernst ist mit dem Wunsch, dir zu dienen. Und so ...« Pukah machte eine Pause, genoß die angespannte Stille, die atemlose Erwartung seiner nächsten Worte. » ... haben wir dir ein Haus gebaut.«

Schweigen. Tödliches Schweigen. Der Garten hätte ebensogut mit Leichnamen statt mit Lebewesen angefüllt sein können.

»Was ist das wieder für eine List, Kleiner Pukah?« fragte Kaug schließlich. Er bebte vor Zorn. »Du weißt, daß mich vor Jahrhunderten der Zorn des üblen Gotts Zhakrin in die Kurdinische See verbannt hat. Dort ist mein Heim, und dort muß ich auch bleiben, bis Quar seinen rechtmäßigen Platz als der eine wahre Gott eingenommen hat.«

»Dem ist nicht so, o vielgeschmähter Kaug.« Pukah schüttelte den Kopf. »Der Gott Zhakrin war mir einen Gefallen schuldig – weshalb, das wollen wir hier nicht im einzelnen besprechen –, und ich habe ihn darum gebeten, o Gebieter, dich freizugeben. Das ist keine List«, fügte Pukah hastig hinzu, als er sah, wie sich Kaugs Augen zu roten Flammenschlitzen verengten. »Schau in dich hinein. Fühlst du dich noch eingeengt, angekettet?«

Kaugs häßliches Gesicht legte sich in Falten. Zögernd hob er seine gigantischen Arme und streckte die Muskeln, wie um zu prüfen, ob er noch gefesselt war. Seine Arme bewegten sich frei, und so zog langsam ein erfreuter und zufriedener Ausdruck über sein Gesicht.

»Du hast recht, Kleiner Pukah«, sagte Kaug mit verwunderter Miene. »Ich bin frei! Frei!« Er hob die Arme und schüttelte die Fäuste gen Himmel. Seine Freude jagte seismische Wogen durch die unsterbliche Ebene. Der Balkon, auf dem die Dschinnias standen, sackte bedrohlich ab, und die Frauen flohen in einem Wirbel aus Seide davon. Als er sie laufen sah, blickte Kaug ihnen lüstern nach und wandte sich wieder dem Dschinn zu. »Danke für dieses Geschenk, Kleiner Pukah. Ja, jetzt glaube ich tatsächlich, daß du mir dienen willst, du und diese wimmernden Feiglinge um dich herum, und ihr dürft auch sofort damit anfangen. Du, Sond, bringst mir die Dschinnia namens Nedjma. Ich habe ein Verlangen ...«

»Willst du denn gar nicht dein Haus besichtigen?« unterbrach Pukah.

»Was?« Kaug musterte ihn gereizt.

»Willst du denn gar nicht dein Haus besichtigen, du Herrlicher? Es besitzt ein wunderbares Schlafgemach«, deutete der Dschinn auf seinem Fisch an. Als er sah, daß Kaugs Aufmerksamkeit sich immer noch auf den Balkon richtete, trat Pukah mit seinem Pantoffel nach dem empörten Sond, traf ihn schmerzhaft in die Nieren, um ihn daran zu gemahnen, still zu sein. »Und während wir deine neue Behausung besichtigen, kann sich Nedjma die Zeit nehmen, sich vorzubereiten, damit sie in all ihrer Schönheit zu dir kommen und dir Ehre erweisen kann, o Kaug.«

Kaug war verwirrt. Der Ifrit starrte weiterhin lüstern auf den Balkon und fuhr sich mit der Zunge über die Lippen, weil er wußte, daß er damit Sond quälte. Der Ifrit interessierte sich nur beiläufig für Nedjma. Wenn dieser Krieg gewonnen war, würde er sich zweifellos einige der hübscheren Dschinnias zum Vergnügen halten und Nedjma würde gewiß eine davon sein.

Was hatte Pukah vor? Das war die Frage, die Kaug quälte. Sein Hirn suchte nach Antworten darauf, doch anstatt auf solche zu stoßen, ging sein Denken immer und immer wieder im Kreis wie ein an ein Wasserrad angeschirrter Esel.

Kaug traute Pukah nicht. Der Ifrit traute überhaupt niemandem; er wußte, daß Pukah irgendeinen raffinierten Plan hegte.

Aber er hat mich von Zhakrins Fluch befreit!

Kaug konnte es einfach nicht glauben. Vor langer, langer Zeit, als Zhakrin eine mächtige Kraft im Juwel des Sul gewesen war und Quar nur eine stiefelleckende Kaulquappe, hatte Quar dem Kaug heimlich den Befehl gegeben, eine Festung von Zhakrins Schwarzen Paladinen in der Großen Steppe zu schleifen. Im allgemeinen bereitete es Kaug kein großes Vergnügen, Quars Befehle auszuführen. Als es jedoch daran ging, gegen die Schwarzen Paladine zu kämpfen, amüsierte Kaug sich köstlich. Der Ifrit machte sich einen solchen Spaß daraus, auf die Leute im Inneren der Burg feuriges Felsgestein niederprasseln zu lassen, daß er länger geblieben war, als er es hätte tun sollen. Zhakrin war seinen belagerten Paladinen schließlich noch zur Hilfe geeilt.

In seinem Zorn kam der Gott über Kaug, hob den Ifrit in seine mächtigen Arme und schleuderte ihn in die Kurdinische See. Und wenn es auch unmöglich war, daß ein Gott den Unsterblichen eines anderen Gotts gänzlich beherrschte, vermochte Zhakrin doch einen Fluch über den Ifrit zu verhängen – so daß Kaug fortan in der Kurdinischen See leben mußte.

Quar hatte diese Beleidigung kleinlaut geschluckt – was hätte er damals auch sonst schon tun können? Und so war Kaug dazu gezwungen gewesen, unter dem drohenden Blick des bösen Gottes in einer Höhle unter Wasser zu leben. Das hatte Quar und seinen Ifrit im Haß gegen Zhakrin vereint, und kurz nach Kaugs Verbannung hatte Quar mit seinem Krieg gegen den bösen Gott begonnen, der schließlich damit endete, daß Zhakrin selbst in einen Fisch verwandelt wurde.

»Und jetzt hat Pukah mich befreit«, überlegte Kaug. »Er hat Zhakrin dazu überredet mich freizugeben. Nicht daß das allzu schwierig gewesen sein dürfte.« Der Ifrit zog eine höhnische Grimasse. »Was ist Zhakrin denn jetzt schon noch? Ein Gespenst ohne Form oder Gestalt. Ich hätte mich auch selbst befreien können, wenn ich nur gewollt hätte, aber ich habe mich an meine Höhle gewöhnt. Zhakrin hat Pukah einen Gefallen geschuldet, weil er seine Unsterblichen aus Serinda befreit hat, und jedermann weiß, daß die Schwäche des bösen Gottes seine Ehrenhaftigkeit ist. Aber weshalb sollte Pukah diese Schuld zu meinen Gunsten einfordern, es sei denn ... es sei denn, Pukah ist wie ich! Natürlich. Das hätte ich schon früher begreifen müssen«, brummte Kaug mit leiser Stimme bei sich. »Pukah ist ein selbstsüchtiges kleines Miststück. Sein unsterblicher Gebieter, der mächtige Akhran, liegt im Sterben. Sein irdischer Gebieter, der unverschämte Khardan, hat zwar den Sonnenamboß überquert, aber er wird sich schon bald der noch größeren Gefahr gegenübersehen, die sein eigenes Volk für ihn darstellt. Könnte es sein, daß Pukah tatsächlich nur versucht, seine eigene erbärmliche Haut zu retten? Wenn dieser armselige Wurm wahrhaftig schon so tief gesunken ist, um auf dem Bauch zu kriechen, kann mir das noch viel Freude einbringen!« Der Ifrit lachte.

»Also gut, Kleiner Pukah«, sagte Kaug laut. »Ich werde mir also euer Haus anschauen. Du und Nedjma, ihr werdet mich natürlich begleiten.«

»Nedjma?« Ein besorgter Ausdruck huschte über Pukahs Miene. »Aber Nedjma ist doch noch nicht bereit, o Kaug du Ungeduldiger, und du weißt doch, wie lange Frauen brauchen, bis sie mit sich fertig sind, vor allem, wenn es einen gibt, den sie wirklich zu erfreuen wünschen.«

»Sage ihr, daß ich sie so nehmen werde, wie sie ist«, sagte Kaug mit einem Lachen, das ein Minarett in zwei Stücke spaltete. »Lauf und hole sie, Kleiner Pukah. Ich bin neugierig darauf, mein neues Heim zu besichtigen!«

Als er an dem Fisch hinunterstieg, sah sich Pukah plötzlich einem finster dreinblickenden Sond gegenüber. »Es wird schon in Ordnung gehen. Vertraue mir«, flüsterte Pukah eilig.

»Das weiß ich«, erwiderte Sond grimmig. »Ich komme nämlich mit dir.«

»Nein, das tust du nicht!« fauchte Pukah. »Das würde alles verderben.«

»Du wirst nirgendwo mit Nedjma hingehen! Ich werde mich als sie verkleiden ...«

Pukah streifte ihn mit einem geringschätzigen Blick. »Mit diesen Beinen?«

Dann verschwanden die beiden Dschinnen aus dem Garten und materialisierten sich im Palast. Irritiert, daß Nedjma ihn begleiten sollte, bemerkte Pukah gar nicht, daß Asrial mitgekommen war, bis sie sich ihm in den Weg stellte, als er mit Sond versuchte, den Serail zu betreten.

»Asrial, meine Zauberin!« Pukah legte dem Engel die Hände auf die Arme und schaffte es, sie sanft aus dem Weg zu schieben. »Zu jeder anderen Zeit wäre dein Anblick mir Balsam für mein wundes Herz, aber im Augenblick muß ich mich mit diesem bösen Ifrit herumplagen ...«

»Ich weiß«, erwiderte Asrial mit fester Stimme. »Ich komme mit dir.«

»Wie beliebt ich doch plötzlich geworden bin«, sagte Pukah etwas gereizt. »Mit einem Mal wollen mich alle begleiten.« Mit einem Seitenblick auf Sond stieß Pukah ein gequältes Seufzen aus. »Ich weiß ja, daß ich unwiderstehlich bin, mein Engel, und daß du es nicht erträgst, auch nur einen Moment von mir getrennt zu sein, aber ...«

Pukah verstummte abrupt. Es war nicht länger Asrial, die er in den Armen hielt, sondern Nedjma!

»He, was ist das denn?« knurrte Sond und sprang vor, um die beiden voneinander zu trennen, als plötzlich Nedjma – die wirkliche Nedjma – neben ihm erschien.

Mit bleichem Gesicht legte die Dschinnia eine bebende Hand an Asrial. »Nein. Es ist wunderbar, daß du dich erbietest, dich aufzuopfern, aber ich gehe mit ...« Sie schluckte, dann stieß sie tapfer das Wort hervor. » ... Kaug. Ich weiß, was du in Serinda für uns getan hast, und ich ... wir ...« Sie nahm Sond bei der Hand. » ... wir können nicht von dir verlangen ...«

»Ihr verlangt es ja auch gar nicht von mir«, unterbrach Asrial sie. Sie blickte die Dschinnia nicht einmal an, sondern hielt die Augen auf Pukah gerichtet. »Das habe ich selbst entschieden.«

»Es ist gefährlich, mein Engel«, sagte Pukah sanft. »Du weißt nicht, was ich tun muß, und wenn irgend etwas schiefgehen sollte, wird er seine Drohung wahrmachen!«

»Ich fürchte mich nicht. Du wirst schon auf mich aufpassen«, erwiderte Asrial lächelnd.

»So, wie ich in Serinda auf dich aufgepaßt habe?« erwiderte Pukah düster und streichelte dabei das goldene Haar. Er blickte zu Nedjma hinüber, die vor Entsetzen am ganzen Leib zitterte. »Nedjma wird uns nicht die geringste Hilfe sein«, murmelte Pukah zu seinem Alter ego. »Sie sieht so aus, als würde sie gleich in Ohnmacht fallen. Asrial ist tapfer und stark. Ich weiß es, niemand kennt so gut wie ich ihren Einfallsreichtum.«

»Aber was ist mit ... du weißt schon?« fragte der andere Pukah ernst.

»Ich werde mich darum kümmern«, erwiderte Pukah. »Also gut«, sagte er laut. »Du kannst mitkommen, aber eins mußt du mir versprechen, Asrial – du mußt mir versprechen, genau zu tun, was ich von dir verlange, und zwar ohne jede Frage.«

Asrial runzelte die Stirn. »Wieso, was meinst du ...«

»Kleiner Pukah!« Der riesige Augapfel des Ifrit erschien plötzlich im Fenster des Harems, so daß die Dschinnias in Panik davonstoben. Nedjma zog sich hastig den Schleier vor das Gesicht und wich in den Schatten zurück. Sond sprang vor, um sie vor Kaug zu verbergen. »Beeil dich!« brüllte Kaug und ließ damit das Fensterglas springen. Sein Auge rollte und zwinkerte lüstern. »Ich muß schnell meinem Vergnügen nachgehen, um dann zu meinem Gebieter zurückzukehren.«

Als sie den Ifrit so nahe vor sich sah und den schrecklichen Sinn seiner Worte begriff, überkam Asrial ein Schauer, den auch Pukah spürte.

»Was tust du da mit meiner Frau, Kleiner Pukah?« knurrte Kaug.

»Ich inspiziere sie nur, um sicherzugehen, daß sie deiner Aufmerksamkeit auch würdig ist, o Kaug«, rief Pukah. Hastig zischte er halblaut: »Schwöre mir bei Mathews Leben, daß du mir gehorchen wirst!«

Erschrocken über Pukahs ungewohnte Ernsthaftigkeit, sah Asrial wortlos zu ihm auf.

»Schwöre es!« sagte Pukah streng und schüttelte sie leicht. »Oder ich bin dazu gezwungen, Sond als Nedjma verkleidet mitzunehmen, und dann wird keiner von uns überleben!«

»Ich schwöre es.«

»Bei Mathews Leben«, drängte Pukah. »Sag es.«

»Pukah!« tobte Kaug.

»Sag es!«

»Ich schwöre ...bei Mathews Leben ... dir zu gehorchen!« Die Worte des Engels perlten über bleiche, bebende Lippen.

Mit einem erleichterten Seufzer küßte Pukah Asrial auf die Stirn, dann ergriff er ihre Hand.

»Sond«, sagte er mit leiser Stimme, an den Dschinn gewandt, »wenn ich gegangen bin, müssen du und Fedj und dieser nichtsnutzige Usti sofort zu Khardan und Zohra zurückeilen. Wie Kaug schon sagte, werden sie einer schrecklichen Gefahr gegenüberstehen! Leb wohl! Ach ja, und Sond«, fügte Pukah besorgt hinzu, »du wirst doch nicht vergessen, *Hazrat* Akhran mitzuteilen, daß das alles meine Idee war, nicht wahr?«

»Ja, aber ...«

»*Meine* Idee. Du wirst es nicht vergessen.«

»Nein, aber ich verstehe nicht ...«
»Du wirst es ihm sagen?«
»Ja, wenn du das willst«, sagte Sond ungeduldig. »Aber warum sagst du es ihm nicht sel ...«
Er verstummte. Der Dschinn, der Engel und der Ifrit waren fort.

## 4

»Ich werde für den Transport sorgen, *Bashi* – du hast doch nichts dagegen, daß ich dich ›Chef‹ nenne, Chef?« fragte Pukah unterwürfig.
»Überhaupt nicht«, erwiderte Kaug und grinste Asrial mit gräßlicher Lüsternheit an. »Du kannst dich ruhig schon daran gewöhnen, Kleiner Pukah.«
»Genau dasselbe habe ich mir auch gedacht«, erwiderte Pukah mit einem anmutigen *Salaam,* wobei er es gleichzeitig schaffte, sich zwischen Asrial und dem Ifrit zu halten. »Wie ich schon sagte, *Bashi,* ich werde für den Transport sorgen, wenn du dich doch nur auf eine etwas passendere Größe beschränken würdest.«
Mit plötzlichem Mißtrauen beäugte Kaug den Dschinn.
»Sonst wirst du Schwierigkeiten haben, in dein neues Bett zu passen, *Bashi*«, bemerkte Pukah mit gesenktem Blick.
Kaug wurde immer erregter. Pukahs gerissene Anspielung auf das Bett entfachte seine Leidenschaft. Erst als er sie wiedergesehen hatte, war dem Ifrit wieder eingefallen, wie schön die Dschinnia in Wirklichkeit war. Lebhafte Erinnerungen an seinen Kampf mit Nedjma im Garten, als er sie entführt hatte, ließen seine massigen Lenden vor Verlangen schmerzen.
Dennoch war Kaug vorsichtig. Je heißer das Feuer in den Lenden, um so kälter das Eis in seinem Geist. Er untersuchte

dieses Kleinod, das Pukah ihm da überreichte, mit dem berechnenden Auge eines Anhängers des Kharmani; der die Juwelen der Mitgift seiner Braut begutachtete.

Er fand keinen Makel.

Kaug, der hundertmal stärker war als der schmächtige junge Dschinn, hätte Pukah in das ewige Nichts des Sul schleudern können, wo er auf alle Zeiten in der Leere vor sich hin geschmachtet hätte.

»Du hast recht, Kleiner Pukah«, sagte Kaug und schrumpfte zusammen, bis er nur noch zwei Köpfe und eine Schulter größer war als der Dschinn. »Ich möchte nicht zu groß sein für das … Bett.« Lachend legte er den Arm um Asrial und zerrte den Engel grob an seine Seite.

Wehmütig lächelnd faltete Pukah die Hände, und so setzten sich die drei in Marsch. Hinter ihnen, auf der Ebene der Unsterblichen, blickten die Dschinnen einander verwundert an und begannen damit, ihre Befestigungsanlagen wieder aufzubauen.

»Wo sind wir?« fragte Kaug und ließ seinen Blick finster umherschweifen.

»Auf einem unbedeutenden Berg eines Gebirgszugs, der deiner erhabenen Aufmerksamkeit nicht würdig ist, *Bashi*«, erwiderte Pukah demütig.

Die drei standen ungefähr auf halber Höhe am Hang eines Bergs, der so groß war, daß die Wolken um seine Knie spielten, und es schien, als müsse die Sonne selbst einen Satz machen, um seinen obersten Gipfel zu bezwingen. Weißer Frost bedeckte ständig den zerklüfteten Gipfel, der nie von der Sommerhitze erreicht wurde. Nichts und niemand lebte auf diesem Berg. Die bittere Kälte ließ das Blut gefrieren. Die ganze Welt war einst so unwirtlich gewesen wie dieser Berg, bis Sul sie schließlich segnete; daher nannte man den Berg Suls Fluch.

Das wußte Kaug nicht, noch interessierte es ihn. Er

spürte, wie die angebliche Dschinnia in seinem Griff zitterte, und er war ungeduldig, seine Lust zu befriedigen.

»Die Tore zu deinem Heim, *Bashi*«, sagte Pukah mit einer Verneigung.

Als der Dschinn sprach, nahmen zwei große Tore aus massivem Gold im Berg Gestalt an. Auf Pukahs Befehl – »Es ist Akhrans Wille!« – schwangen die Tore lautlos auf, Kaug trat mit Asrial, die er mit sich zerrte, durch die goldenen Tore.

Dem Ifrit stockte der Atem. Sein Griff um den Engel erschlaffte. Kaug konnte nicht anders – er war überwältigt.

Goldene Wände ragten so weit auf, daß es schien, als müsse die Decke von Sternen und nicht von Kristalleuchtern erhellt sein. Kostbare und wunderschöne Gegenstände aus jeder Facette des Juwels des Sul standen auf dem silbergekachelten Boden oder hingen von den vergoldeten Wänden oder zierten Tische, die aus seltenem *Saksaul* geschnitzt waren. Und als der Ifrit diese prächtige Halle durchquerte, machte Pukah eine Tür nach der anderen auf, zeigte ihm Gemach um Gemach, die alle mit den wunderschönsten Möbeln ausgestattet waren.

»Nicht einmal Quar besitzt eine solche Behausung!« murmelte Kaug.

»Schlafzimmer«, sagte Pukah und öffnete eine Tür. »Zweites Schlafzimmer, drittes Schlafzimmer, viertes Schlafzimmer ... mehrere Meilen weit bis ins Herz des Bergs. Dann ist da noch der Diwan für Audienzen.« Pukah öffnete eine Doppeltür. »Und der Diwan für Audienzen mit dir selbst, solltest du dies wünschen, und dann sind hier deine Sommergemächer und hier deine Wintergemächer und hier deine Frühlingsgemächer und hier deine Gemächer für die Zeit zwischen Winter und Frühling und ...«

»Genug!« rief Kaug, der scheinbar endlosen Zurschaustellung von Reichtümern müde. »Ich gebe zu, ich bin wahrhaft beeindruckt, Kleiner Pukah, und ich entschuldige mich dafür, daß ich geglaubt habe, du würdest versuchen mich reinzulegen.«

Pukah riß die Augen auf. »*Bashi*, wie konntest du nur!« rief er niedergeschlagen.

Kaug winkte ab. »Ich entschuldige mich. Und nun werden wir uns in eins der Schlafgemächer zurückziehen, wenn du mir sagen kannst, wo sie sind.« Der Ifrit blickte den Gang zurück. Jede Tür – und alle waren sie geschlossen – sah genauso aus wie alle anderen.

»Ah, aber zuerst«, sagte Pukah, »muß die unwürdige Frau sich baden und salben und ihre prachtvollste Kleidung anlegen und ihre kleinen Füße rot färben ...«

»Das interessiert mich alles nicht!« tobte der Ifrit, und seine verhinderten Leidenschaften stiegen ihm ins häßliche Antlitz. Kaug schoß in die Höhe. »Es war also doch nur alles eine List, Kleiner Pukah? Das soll deine letzte gewesen sein!« Der hochaufragende Ifrit griff mit riesigen Händen nach dem Dschinn.

Ohne auf Kaug zu achten, sah Pukah Asrial in die entsetzten Augen. »Lauf«, sagte er ihr. »Lauf und schließ die Bergtore hinter dir.«

Pukah packte den Engel und schob sie beiseite, dann eilte er in die andere Richtung, fort von den Toren, den glitzernden Gang entlang. Die Hände des Ifrits bekamen nichts zu packen als den Windstoß, den die Flucht des Dschinns zurückließ.

»Ich werde dich nicht verlassen!« rief Asrial heftig.

»Dein Schwur!« schwebte ihr Pukahs triumphierende Stimme entgegen. Die goldenen Wände nahmen es auf, die Worte hallten von der sternenbeschienenen Decke wider und brachen sich an den silbergekachelten Bohlen.

»Dein Schwur! Schwur! Schwur!«

*Bei Mathews Leben ...*

Wütend gehorchte Asrial. Sie machte kehrt und lief in die entgegengesetzte Richtung, die der Dschinn eingeschlagen hatte. Der Ifrit wollte ihr nachspringen, doch der Engel hatte die Seidenhosen und den Schleier abgeworfen. Weiße Flügel sprossen ihr aus dem Rücken. In anmutigem Flug entwich sie Kaugs Griff und schoß auf die goldenen Tore am Ende des Gangs zu.

Als er mitansehen mußte, wie seine Beute ihm gleich in zwei verschiedenen Richtungen entwischte, war sich Kaug für einen Augenblick unschlüssig, welchen der beiden er verfolgten sollte. Doch die Antwort, auf die er schließlich kam, war einfach. Er würde als erstes Pukah fangen, dem Dschinn die aalglatte Zunge aus dem Gesicht reißen und ihn an einem Haken an der Decke über dem Bett aufspießen. Danach würde Kaug in aller Ruhe den Engel zurückholen, der wahrscheinlich alles tun würde, um den Geliebten zu befreien.

Der Ifrit machte sich an die Verfolgung Pukahs, der mit der Schnelligkeit von hundert verschreckten Gazellen den langen Gang entlangraste.

*Lauf! Lauf und schließ die Bergtore hinter dir.*

Draußen am Berghang packte Asrial die riesigen Türringe mit beiden Händen und riß mit aller Macht daran. Die in das Gestein eingelassenen Tore rührten sich nicht. Asrial betete zu Promenthas um Kraft, und langsam, ganz langsam setzten sich die mächtigen Tore in Bewegung. Der Engel vernahm Kaugs Drohungen im Berginneren; sein Zorn erschütterte den Boden, auf dem sie stand. Sie zögerte ...

*Bei Mathews Leben!*

Mit einem dumpfen, hohlen Dröhnen, das sich wie kaltes Eisen ins Herz des Engels bohrte, schlossen sich die riesigen Tore.

Im Inneren des Berges vernahm Kaug, wie die großen Tore zuschlugen, dachte sich aber nichts dabei ... bis plötzlich alles um ihn herum in vollständige Dunkelheit getaucht war.

Kaltes Eisen.

Die Hände aufs Herz gepreßt, begann Asrial plötzlich zu begreifen.

»Ach, Pukah, nein!« jammerte sie.

Der Engel lief zu den Toren zurück, hämmerte heftig mit

den Fäusten dagegen, erhielt jedoch keine Antwort. Immer und immer wieder rief Asrial in allen Sprachen, die sie kannte: »Es ist Akhrans Wille!« – jenen Befehl, mit dem sie Pukah die Tore hatte öffnen hören, doch es rührte sich nichts.

»Es ist Akhrans Wille!« sagte sie zum letztenmal, doch jetzt war es schon ein Wispern, fast ein Gebet.

In hilflosem Entsetzen sah der Engel mit an, wie die goldenen Tore zu verblassen begannen, das Licht auf den funkelnden Edelsteinen ermattete und dunkler wurde.

Der Eingang verschwand, und Asrial stand nunmehr allein auf dem kalten, öden Hang.

## 5

Pukah saß in einer winzigen Höhle – im Inneren des Bergs, den man Suls Fluch nannte. Auf mehrere Seidenkissen gelehnt, lauschte der junge Dschinn dem beruhigenden Geräusch des Wassers – ein Geräusch, das ab und an von den heftigen Rufen und dem Gebrüll des eingeschlossenen Ifrit unterbrochen wurde.

»Das einzige, was mir dabei leid tut, mein Freund«, sagte Pukah zu seinem Lieblingsbegleiter – sich selbst, »ist, daß wir den Ausdruck auf Kaugs häßlichem Gesicht verpaßt haben, als er entdeckte, daß der Berg aus Eisen besteht. Das wäre sämtliche Rubine in der Schärpe des Sultans wert gewesen, jene Edelsteine, die einst von Saad, dem berüchtigten Anhänger des Benario, gestohlen wurden. Habe ich dir diese Geschichte eigentlich schon einmal erzählt?«

An diesem Punkt stieß Pukahs Alter ego ein einziges Seufzen aus, denn es hatte die Geschichte schon zahllose Male gehört und kannte sie ebensogut wie der Erzähler. Es wußte auch, daß es ihm bestimmt war, sich diese Geschichte noch viele, viele weitere Male anzuhören. Doch der andere Pukah erwiderte nach diesem winzigen Seufzer gefaßt und tapfer, daß er die Geschichte von Saad und der Schärpe des Sultans noch nie gehört hatte.

»Dann will ich sie dir erzählen«, sagte Pukah hocherfreut. Er begann mit dieser haarsträubenden Geschichte und war zu der Stelle gekommen, wo der Dieb, um der Festnahme durch die Wachen des Sultans zu entgehen, einhundertvierundsiebzig Rubine herunterschluckt, als ein besonders heftiger Schrei des Ifrits den Berg erschütterte und Pukah unterbrach. Der junge Dschinn runzelte irritiert die Stirn und richtete die Wasserpfeife wieder auf, die von dem Beben umgestürzt war.

»Wie lange, glaubst du, wird es wohl dauern, bis Kaug uns endlich findet?« fragte Pukah sich in einem etwas sorgenvollen Ton.

»Oh, mehrere Jahrhunderte, möchte ich meinen«, bemerkte Pukah zuversichtlich.

»Das glaube ich auch«, erklärte Pukah beruhigt.

Ein gewaltiges Gebrüll ließ das Geschirr klappern und die Holzschalen über den Boden tanzen.

»Und bis er uns schließlich findet«, fuhr Pukah fort, »bin ich mir sicher, daß ich, da ich ja bei weitem der Klügere von uns beiden bin, eine Möglichkeit entdeckt haben werde, um aus dieser Eisenfalle herauszukommen. Und dann werde ich mit meinem Engel wiedervereint sein, und *Hazrat* Akhran wird mich mit dem wunderbarsten aller Paläste belohnen. Der Palast wird tausend Zimmer haben. Ja, tausend Zimmer.« Pukah lehnte sich in die Kissen zurück und ließ den Rauch träge von seinen Lippen kräuseln, während er lächelte und die Augen schloß. »Ich glaube, ich werde gleich damit beginnen, seinen Bau zu planen ...«

Das Alter ego seufzte erleichtert und legte sich schlafen.

Über dem Dschinn, unter ihm und um ihn herum, rumpelte und knirschte der Berg namens Suls Fluch vom Wüten des Ifrits. Die wenigen unverdrossenen Nomadenstämme der Großen Steppe, die am Fuß des Bergs ihre Langhaarziegen züchteten, flohen mit ihren Herden, weil sie fürchteten, daß der Berg bald weit aufbrechen würde.

Aber der Berg brach nicht auseinander. Kaug hatte die Macht eingebüßt, irgend etwas anderes zu tun, als zu wüten und zu toben.

Von dieser Zeit an wurde es zu einem Witz unter den Göttern, den Berg als Kaugs Fluch zu bezeichnen.

Doch für Sond und Fedj und die Unsterblichen des Akhran und einen liebenden Engel des Promenthas hieß der Berg fortan Pukahs Gipfel.

ENDE

**Band 20 212**

**Margaret Weis & Tracy Hickman**

**Das Buch der Unsterblichen**

**Deutsche Erstveröffentlichung**

*Seit dem Anbeginn der Zeit beherrschen zwanzig Götter die Welt. Jeder Gott regiert mit seinen ganz besonderen Gaben ein Reich. Dann aber wollen einige Götter sich über ihre Brüder erheben . . . der Krieg der Götter ist nahe.*
Unter den Nomaden, den Anhängern des Gottes Akhran, herrscht Aufruhr. Die Schlacht gegen die Feinde ist geschlagen – und verloren. Und zu allem Überfluß sind der Kalif Khardan und seine ungeliebte Prinzessin Zohra verschwunden. Alte Feindschaften zwischen den Nomaden flackern wieder auf, als auch die Unsterblichen, die Mittler zwischen den Menschen und den Göttern, in Streit geraten.

Mit den Legenden um die *Drachenlanze* sind MARGARET WEIS und TRACY HICKMAN berühmt geworden. Nun zaubern sie ihre Leser in eine neue faszinierende Welt aus Tausendundeiner Nacht.

BASTEI LÜBBE

**Sie erhalten diesen Band im Buchhandel, bei Ihrem Zeitschriftenhändler sowie im Bahnhofsbuchhandel.**

**Band 20 214**

**Margaret Weis/Tracy Hickman**

**Das Buch Akhran**

**Die Rose des Propheten 4**

**Deutsche Erstveröffentlichung**

*Seit dem Anbeginn der Zeit beherrschen zwanzig Götter die Welt. Jeder Gott regiert mit seinen ganz besonderen Gaben sein Reich. Dann aber wollen einige Göttliche sich über ihre Brüder erheben . . . der Krieg der Götter ist nahe.*
Akhran, der wandernde Gott, hat seine verfeindeten Nomadenstämme geeint, um seinem habgierigen Bruder Quar Einhalt zu gebieten. Der Wüstenprinz Khardan und die schöne Zohra sollen den Machenschaften des finsteren Gottes ein Ende setzen. Doch ausgerechnet die beiden Königlichen geraten in einen Hinterhalt. Als sie aus dem magischen Todesschlaf erwachen, finden sie sich als Gefangene wieder – bei einer schwarzen Zauberin.

MARGARETE WEIS und TRACY HICKMAN sind das erfolgreichste Autoren-Duo der Fantasy. Ihre neue Serie *Die Rose des Propheten* bietet noch schillerndere Charaktere und faszinierendere Schauplätze.

BASTEI LÜBBE

**Sie erhalten diesen Band im Buchhandel, bei Ihrem Zeitschriftenhändler sowie im Bahnhofsbuchhandel.**

**Band 20 226**

**Wolfgang Hohlbein/**
**Bernhard Hennen**

**Das schwarze Auge**

**Jahr des Greifen**
**Die Entdeckung**

**Deutsche Erstveröffentlichung**

*Das Schwarze Auge* ist Deutschlands beliebtestes Fantasy-Spiel. Nun haben Wolfgang Hohlbein und Bernhard Hennen gemeinsam eine Trilogie über Aventurien geschrieben, jenen phantastischen Kontinent, auf dem nur derjenige überlebt, der die Gesetze des *Schwarzen Auges* kennt.

Die Lage Greifenfurts gegen die feindlichen Orks wird immer verzweifelter. Mit aller Macht bestürmen die Schwarzpelze die Wälle und Mauern. Während der Inquisitor Marcian versucht, das Geheimnis der Stadt zu ergründen, schickt er einige tollkühne Helden auf den Weg, Hilfe zu holen. Nach einer langen Odyssee gelangen sie nach Xorlosch, in das Heerlager des Prinzen Brin. Doch wird Greifenfurt standhalten, bis die Befreier zurückkehren?

BASTEI LÜBBE

**Sie erhalten diesen Band im Buchhandel, bei Ihrem Zeitschriftenhändler sowie im Bahnhofsbuchhandel.**